자신이 유별난가 하는 생각.
문제는 바로 자신이 아닌가 하는 생각.
　　　김혜진

　　　　　노스탤지어의 모닥불가로
　　　　　못 이기는 척,
　　　　　　　최미래

나는 곧 이곳을 떠나야 한다는 걸,
어둡고 넓은 해변으로 나가
내 아내 정면을 만나야 한다는 걸 알았다.
　　　서장원

둘만 남는 커다란 지하세계에서
　　　　신이 나서 뛰어다녔다

　　　　　　　　임솔아

사랑하던 마음은 사랑으로,
미안한 마음은 미안함으로
　　이유

　　　　　천천히 걸으면 갈 수도 있을거예요
　　　　　　　박솔뫼

2026 제71회
現代文學賞 수상소설집

안규철, 「두 개의 빈 의자」, 드로잉

| 현대문학상 기념조각 |

안규철

책은 양면적인 요소들이 중첩되어 있는 물건이다.
책에는 왼쪽과 오른쪽 페이지가 있고, 보이는 앞면과 보이지 않는 뒷면이 있다.
안과 밖이 있고, 시작과 끝이 있다. 흰 종이와 검은 잉크가 있고,
드러난 것과 숨겨진 것이 있으며, 저자와 독자가 있다.
서로 상반되면서 동시에 상호 의존적인 이런 요소들은 책이 닫혀 있을 때는 드러나지 않는다.
책은 상자와 같아서, 책장이 펼쳐지기 전에 그것은 무뚝뚝한 한 덩이 종이 뭉치에 불과하다.
책을 열면 이렇게 하나였던 것이 둘이 된다. 왼쪽과 오른쪽이, 안과 밖이, 저자와 독자가 거기서 생겨난다.
그리고 그 둘 사이에서, 낯선 한 세계의 지평선이 떠오른다.
마술사의 손바닥에서 피어나는 꽃처럼, 작은 책갈피 속에서 세계 하나가 온전한 윤곽을 드러낸다.
문학작품 앞에서 늘 그것이 경이롭다.

제71회 現代文學賞 수상소설집

임솔아

사랑보다 조금 더 짙은 얼굴 외

현대문학

| 차례 |

수상작

임솔아 ……… 사랑보다 조금 더 짙은 얼굴   9

수상작가 자선작

임솔아 ……… 금빛 베드 러너   39

수상후보작

김혜진 ……… 관종들   73
박솔뫼 ……… 사과   105
서장원 ……… 상어   133
이미상 ……… 일일야성―日野性   157
임 현 ……… 우리가 우리에게 죄지은 자를   193

심사평

강동호 | 사랑 이후의 삶   229
김지연 | 사랑의 글쓰기   234
백지은 | 더 짙은 소설들   237
서희원 | 위안의 시간   242
안보윤 | 아름답고 기이한   245

수상소감

임솔아 ······· 빈 진실   249

수상작

사랑보다 조금 더 짙은 얼굴
임솔아

수상작가 자선작

금빛 베드 러너

임솔아

사랑보다 조금 더 짙은 얼굴

2015년 〈문학동네대학소설상〉을 수상하며 작품활동 시작.
소설집 『눈과 사람과 눈사람』 『아무것도 아니라고 잘라 말하기』,
장편소설 『최선의 삶』 『나는 지금도 거기 있어』, 중편소설 『짐승처럼』 등.
〈신동엽문학상〉 〈문지문학상〉 〈젊은작가상 대상〉을 수상했다.

사랑보다 조금 더 짙은 얼굴

　양말을 신다가 바지 밑단에 걸려 있는 머리카락 한 가닥을 발견했다. 몇 번 헛손질을 한 후에야 그것을 엄지와 검지로 잡아냈다. 뿌리가 천에 박혀 있었는지 머리카락은 조금 팽팽해진 후에야 바지에서 떨어져나왔다. 한 뼘이 조금 넘는 길이였다. 하얗고 구불구불했다. 나는 두 손가락으로 머리카락을 꼭 잡은 채, 현관의 신발장을 열고 맨 아래 칸에 넣어둔 크라프트 정리함을 꺼냈다. 빛이 바래 이목구비가 다 사라져버린 폴라로이드 사진들과 헌혈 증서들, 윤미의 사망진단서 사이에 트링킷 박스가 있었다. 솔방울 문양이 그려진 도자기 함이었는데, 윤미의 것이었던 몇 개의 도장과 손목시계, 배지와 장신구를 넣어둔 것이었다. 이전에도 이 박스에 윤미의 머리카락을 넣은 적이 있었다. 죽은 지 십 년도 더 된 윤미의 머리카락이 아직도 집에 남아 있다는 게 반가웠다. 그보다 더 반가운 것은 그 머리카락을 내가 발견했다는 사실이었다. 돋보기도 쓰지 않았는데, 어떻게 이 가느다란 것이 보였을까. 나는 손을 보았고 머리카락은 사라져 있었다. 잡고 오다가 떨어뜨린 모양이었다. 나는 무릎을 꿇고서 지나온 데를 손바닥으로 훑으며 거슬러 갔다. 그 머리카락을 다시 만진다 하더라도 알아차릴 수 없으리란 걸 뒤늦게 깨달았다. 이제는 손바닥의 감각이 믿을 만하지 않았다. 나는 나머지 한쪽 발을 양말에 마저 넣었다. 돋보기와 일기장을 챙겼는지 다시 확인했다. 신발장에서 지팡이를 꺼내고 현관문을 열었다. 좋은 날이라는 생각이 들었다. 기억에 남을 아침이었다.

아케이드를 따라 걸었다. 기둥 사이사이 설치된 유리벽 너머가 보였다. 우유처럼 뽀얗게 안개가 껴 있었다. 육십 년 전에도 이 거리를 걸었다. 내가 이 동네에 처음 이사 온 스물한 살 때부터였을 것이다. 빨간 벽돌로 지어진 다세대주택과 스투코로 마감한 빌라, 골목 모퉁이에 있던 의상실, 그 골목의 더 안쪽 골목에 있던 도서 대여점 같은 것들을 떠올릴 수 있었다. 골목의 재개발이 확정되면서 그것들은 하나둘 사라졌다. 그때 나와 윤미도 옆 골목으로 이사를 했다.

그 자리에 아파트가 들어섰다. 앙상한 묘목들이 아파트 단지의 조경으로 심겼다. 그 묘목들은 우람한 나무로 자라났다. 드넓은 그늘을 드리우고 그늘과 그늘이 겹쳐져 터널이 되어갔다. 윤미와 내가 오십에 접어들었을 때 그 터널 아래에서 윤미가 처음으로 이 동네에 정이 들었다고 입 밖으로 내었다. 나무가 이렇게까지 멋지게 자랄 동안 우리가 함께 지냈다는 것이 나는 기뻤다. 그러나 훗날 나무들은 아파트와 함께 사라지고 말았다. 대학의 부속병원이 들어섰다. 다시 앙상한 묘목이 심겼고 환자복을 입은 사람들이 링거대를 끌며 그 사이를 걸어 다니기 시작했다. 이후에는 학령인구 감소를 버티지 못한 학교들이 줄줄이 문을 닫았다. 대학도 마찬가지였다. 문을 닫은 다른 대학들이 그러했듯이 이곳 역시 종합병원만 살아남았고 대학은 실버 센터의 산하로 흡수되었다. 언젠가부터 나는 골목의 소소한 변화를 알아차리는 일을 그만두었다. 변화는 조금씩 소소하게 일어나지 않았다. 무언가가 한꺼번에 사라지고 한꺼번에 새로 등장했다. 그때마다 나는 몸살을 앓았다. 이 동네는 윤미와 함께 걸었던 기억 덕분에 겨우 장소다울 뿐이었다. 이제 아무도 골목에 대해서 말하지 않았다. 골목은 걸어 다닐 수 있는 장소가 더 이상 아니었다. 안전이 보장되지 않아 유해할 뿐인, 금지된 저편의 장소로 전락했다.

실버 센터에 도착했다. 담당자가 로비 한가운데에서 큰 소리로 "할머님." 하고 나를 불렀다. 그는 엘리베이터 앞에 있는 입간판을 손가락으로 가리켰다. '아카이빙 프로젝트: 사랑 편'이라고 적혀 있었다. 그를 따라 강의실로 들어갔다. 구술 생애사 기록가들이 박수로 맞이해줬다. 테이블에 놓인 유자차와 쿠크다스를 보자 긴장이 조금 풀렸다. 굳이 이걸 구해온 마음이라면 내 이야기에 귀를 기울여줄 것 같았다. 나는 브리프 백에서 돋보기와 일기장을 꺼냈다. 오늘 들려줄 이야기를 위해 평생 써온 일기장을 모두 꺼내어 읽어보았다는 소회를 먼저 전했다. 누군가 일기장을 한번 높이 들어봐달라고 했다. 나는 일기장에 플래그로 표시해둔 페이지를 펼쳤다. 열일곱 살 겨울에 쓴 거라고 덧붙였다. 글씨 아래를 검지로 짚어가며 읽어나가기 시작했다.

그때 나는 윤미와 학교 바깥에서 오랜만에 만났지. 화해를 하고서도 십 개월이 지나서였다. 우리는 노래방부터 갔다. 노래방은 선사시대 동굴처럼 인테리어가 되어 있었는데 벽이 흡음재로 마감되어 폭신폭신했다. 어느 순간부터 윤미는 노래하지 않았다. 노래방 기계에 적힌 남은 시간이 도무지 줄어들지 않았다. 윤미가 자리에서 일어나 커다란 테이블을 빙 돌아와 내 옆에 바싹 앉았다. 윤미의 입술이 잠깐 열렸다가 닫혔다. 윤미가 테이블 위에 있던 리모컨을 집어 들어 노래를 꺼버렸다. 그러고는 배고프다고 말했다.

거리를 걸으며 나는 조심스레 윤미에게 팔짱을 꼈다가, 곧 다시 뺐다. 윤미의 키가 불쑥 커져 있었다. 윤미가 안 신던 힐을 신은 것과 힐을 신고도 또각또각 잘 걷는 것과 양송이처럼 파마를 한 것과 하얀 스티치가 들어간 네이비 컬러의 재킷을 입고 온 것. 그런 것들을 나는 서운해했다. 안 본 사이에 윤미가 달라진 것 같아서. 마음이 변했다고 할까 봐 두려웠다. 선뜻 뭘 먹자는 말이 안 나왔다. 식당을 찾다가 시내 끝에서 끝까지 걸었다. 시내 중앙로를 몇 번이나 왕복했는지. 결국 누군가 나눠준 전단지를 받고 거기 적힌 데로 들어갔다. 배가 고프다던 윤미는 밥을 먹는 내내 배가 부르다고 했다. 몇 입 먹지 않고 숟가락을 내려놓았다. 계산을 할 때 윤미가 지갑을 꺼냈다. 빨간 중지갑에 금색 버클이 달려 있었는데 좋아 보였다. 지갑을 언제 산 것이냐고 나는 알은체를 했다. 원래 있던 지갑이라고 했다. 돈 계산할 때마다 꺼냈었다고. 기억이 나지 않았다. 택시에서는 기사 아저씨로부터 둘 사이가 친해 보인다는 말을 들었다. 더 친해 보이고 싶다는 생각이 들어 나는 아무 말이나 계속했다. 말을 멈춰야 한다는 생각이 들자 점점 더 말이 빨라졌다. 택시에서 내려 같이 영화를 보러 갔고, 영화관에서 나왔을 때 윤미는 이 영화의 감독판이 따로 있다고 말했다. 극장판에서는 연인이 이별을 하며 그나마 무난하게 끝나지만, 감독판에서는 주인공이 자살을 한다고 했다. 이미 감독판을 보았다고 윤미는 말했다. 윤미는 결말이 다르게 만들어진 이 영화를 나와 같이 보고 싶었다고 했다. 우리는 어떤 결말이 더 마음에 드는지 이야기했다. 윤미는 제 딴에 중요한 질문을 할 때마다 눈을 가느다랗게 뜨고 콧잔등을 한 번 찡긋하는 버릇이 있었다. 일기장을 다 쓰고서 태워버리는 것과 애초에 일기를 쓰지 않는 것 중 어느 쪽이 나은지에 대해서 우리는 이야기를 나누었다. 윤미는 주인공이 자살하는 감독판이 더 마음에 든다고 했다. 그게 더 사랑 같다고 말했다. 아무도 상처받지 않게 하려고 노력한 것이기 때문에. 그게 더 사랑 같다는 윤미의 그 말을 잘 이해하기 위해서 나 혼자 그 영화를 몇 번이고 다시 보았다. 두 버전 모두를.

버스 정류장에 가기 위해 우리는 그때 지하상가로 들어갔다. 바로 그 지하상가. 우리가 수백 번을 함께 이야기 나누어온 그 공간. 마지막 계단에서 내려서자마자 헌혈의 집이 보였고, 그때 우리가 함께 헌혈을 했다는 것은 윤미의 기억이고 나는 그때 우리가 그곳을 그냥 지나쳤다는 것을 분명하게 기억했지만 윤미의 기억을 모르는 척 들어왔다.

푹신한 의자에 비스듬히 누워 있는데 주삿바늘이 우리 팔꿈치 안쪽 살을 뚫고 들어오던 것, 윤미가 주먹을 꼭 쥘 때마다 피가 울컥거리며 튜브를 타고 빠져나가던 것, 헌혈이 끝난 후에 포카리스웨트와 버터와플을 받아 함께 먹었던 것을 윤미는 이야기했다. 하지만 우리는 그때 헌혈의 집을 지나쳐 계속 걸어갔다. 가게들이 셔터를 내리고 있었다. 지하상가의 분수대 앞에 앉아 분수대의 조명이 꺼질 때까지 얘기를 나눴다. 자주 꾸는 악몽에 대한 얘기였다. 우리는 그날 지하상가에 갇혔다. 출구에 도착해보니 셔터가 닫혀 있었다. 커다란 자물쇠도 걸려 있었다. 우리는 아무도 없는 지하상가를 뛰어다녔다. 처음엔 출구를 찾아보려고 뛰어다녔지만 나중에는 둘만 남은 커다란 지하세계에서 신이 나서 뛰어다녔다.

내 발표가 끝나고 수강생들의 토론이 시작되었을 때, 가장 뜨거운 주제는 헌혈이었다. 헌혈이 길거리에서 불특정 다수에 의해 이루어지던 시대를 이해하고 있는 사람은 없다시피 했다. 헌혈을 자주 하던 나도 제대로 이해했던 건 아니었다. 그것은 그냥 나의 취미였을 뿐이었다. 사람들이 추측하는 것처럼 미지의 타자를 염두에 둔 헌신이거나 공동체의 일원으로서 행해야 할 미덕이라고 생각한 적은 없었다. 관공서 앞 광장에서 헌혈 캠페인을 펼칠 때는 플래카드에 '사랑의 헌혈'이라고 자주 적혀 있었다. 나는 거기에 적혀 있던 '사랑'이라는 말을 의아하게 여겨본 적이 한 번도 없었다. 수강생들은 달랐다. 헌혈과 사랑이 어떤 점에서 유관한지 여러 의견이 오갔다. 나는 부러 영화로 화제를 돌렸다. 시간여행을 소재로 하는 그 영화를 당시 중국에서는 역사를 존중하지 않는다는 이유로 공산당 정부의 방침에 따라 상영 금지했다는 사실과 불행을 자극적으로 전시한다는 이유로 평론가들로부터 받았던 혹평에 대해 언급했다. 주인공의 자살이 어떤 점에서 사랑의 행위가 될 수 있는지를 두고 수강생들은 대화를 지속했다. 자살과 헌혈 사이에 어떤 공통점이 존재하는지에 대해 수강생들의 대화가 옮아갔다. 희생이 사랑의 전제 조건이라면 공통점이 보인다며 중지가 모였다. 희생은 양보와는 차원이 다르다는 것이었다. 개인이 마땅히 희생되었던 근대 이전의 충효사상까지 이들의 토론은 거슬러 올라갔다. 개인의 희생이 역사적 고비마다 수행해온 역할에 이들은 거부감을 감추지 않았다. 한국전쟁의 학도의용군, 박정희 정권의 새마을운동, 금융위기 당시의 금 모으기 운동 등이 차례차례 이 맥락에서 입에 오르내렸다.

나는 전쟁 이야기를 꽤 듣고 컸다. 교실에서 고령의 수학 선생님이 판서를 하다 말고 한국전쟁 이야기를 했고, 친구네 할머니가 소파 아래에 앉아 맥락 없이 1·4 후퇴 이야기를 했다. 경로당에 봉사활동을 갔다가 어느 할아버지에게서 또 전쟁 이야기를 들었다. 할아버지의 형형한 눈빛은 아직도 참전 중인 군인 같았다. 할아버지는 민간인과 베트콩을 구분할 수 없었다는 말을 몇 번이고 했다. 그래서 다 쏴야 했다고 침을 튀기며 외치듯이 말했다. 개머리판을 어깨에 대고 총을 쏘는 시늉을 했다. 돈을 벌러 갔지만 그게 다는 아니었다는 말도 여러 번 반복했다. 애국심이 있었다고 했다. 그 시절엔 그런 분위기가 있었다고. 할아버지는 "있었어"를 힘주어 말했다. 애국심이라면 나도 드물게 경험해본 감정이었다. 올림픽을 관전할 때 특히 그랬다. 나도 애국심이라는 것을 저릿하게 느껴본 적이 있었다.

사랑에 대한 나의 이야기가 내가 어린 시절에 들었던 전쟁 이야기처럼 들리지는 않았을까. 그랬을지도 몰랐다. 이들에겐 믿기지 않을 정서였지만 나에게 희생은 별다른 의심을 품어본 적 없이 자연스러운, 그저 흔하디흔한 기본이었다. 생존보다 더 숭고한 가치가 있다고들 믿었다. 그런 게 존엄성이라고 생각했다. 그때의 숭고한 마음들이 희생이라는 뜻으로만 귀속될 수는 없다고 나는 생각했다. 희생이란 것이 수강생들에게는 도를 넘는 극단적인 무엇으로 받아들여지는 것도 무리는 아니었다. 사랑 역시도 희생과 같은 처지에 놓여 있었다. 거부감을 유발하는 기이한 정념에 불과했다. 사람들이 사랑을 지나간 시대의 낙후된 광기 정도로 여긴 지는 오래되었다. 이제 더 이상 사람들은 사랑에 빠지지 않았다. 사랑한다고 말하지 않았고 사랑하라고도 말하지 않았다. 옛날 노래의 가사에서만 들어보았을 뿐 직접 사용해본 적은 한 번도 없는 '사모한다'라는 말처럼, 언젠가부터 사람들은 '애인' 같은 유의 단어를 더 이상 사용하지 않았다. 전통적인 대가족이 붕괴해가던 시대에 '어버이날'이 제정되었듯, 사랑이 인간관계에서 소멸하기 시작하던 즈음 '사랑의 날'이 제정되었다. 지난 시대의 사랑 이야기를 수집하고 기록해두려는 움직임이 이제 막 생겨나기 시작했다.

구술 생애사 기록가들로부터 사랑에 대한 경험담을 듣고 싶다는 연락을 받았을 때, 나는 이 이야기를 꼭 해야겠다고 생각했다. 나에게 사랑은 어린 시절부터 줄곧 빼앗겨서는 안 되는 무엇이었다는 것을. 사랑하는 사람은 쟁취해야 하는 것이라고 온갖 미디어가 떠들 때, 나는 내가 사랑하는 사람과 손을 꼭 잡고 우리의 사랑을 인정받을 권리를 쟁취하기 위해 목소리를 높였다. 결혼과 출산을 전폭적으로 권장하던 시대에도 내가 윤미와 하려던 결혼은 권장 대상에 포함되지 않았다. 윤미와 나는 열여섯에 처음 만났고 애인으로 지냈다. 사람들은 우리를 그저 룸메이트 사이로 착각했고 우리는 굳이 정정하려 들지 않았다. 윤미가 죽음을 앞두고 호스피스 병원에 누워 있을 때, 동성혼이 합법화되었다. 윤미와 내가 사회로부터 부부로 인정받은 것은 우리의 오십여 년 중에 고작 일 년이었다. 윤미와 지하상가에 갇혀 뛰어다녔던 밤부터 윤미의 유품 몇 가지를 크라프트 정리함에 넣어두던 순간까지, 우리를 지켜온 것이 사랑이었음에도 불구하고 우리는 줄곧 사랑을 찾아 헤매는 것과도 같은 피로 속에 살았다. 피로가 사랑보다 조금 더 짙은 얼굴을 한 채 표면을 차지한 때도 많았다. 우리는 우리의 피로를 우리의 사랑만큼 사랑했다.

나는 실버 센터를 나왔다. 아케이드를 걷다 말고 멈춰서 유리벽 밖을 우두커니 바라보았다. 그때 나는 상복 차림으로 장례식장을 빠져나왔지. 실내 슬리퍼를 신은 채였다. 윤미의 삼일장 중 첫째 날을 무사히 보낸 밤이었다. 상주실에서 쪽잠을 자다 눈을 떴다. 내일 아침에는 염을 하겠구나 생각했다. 마지막으로 보는 윤미일 것이다. 이제는 벚꽃잎을 못 만지겠구나. 윤미가 했던 말이 떠올랐다. 아케이드 바깥이 보행 유의 구역으로 지정되었을 때, 아케이드 바깥 저 너머에 있는, 우리가 함께 자주 찾아가던 벚나무 군락지 쪽으로 맥없이 눈길을 주던 윤미가 한숨을 쉬었다. 나는 윤미의 손을 꼭 잡았다. 윤미는 이후로 정말로 벚꽃잎을 못 만져보고 죽었다. 장례식장 뒤쪽에 바깥으로 통하는 출입구가 있었다. 나는 그 출입구를 통해 바깥으로 나갔다. 아케이드로 돌아가라는 경고 메시지가 지속적으로 도착했다. 하늘은 비닐을 씌운 것처럼 불투명했다. 낮게 깔린 구름들의 가장자리는 형광펜으로 따라 그린 것처럼 빛이 났다. 스모그였다. 언덕을 따라 내려갔다. 이끼로 뒤덮여버린 골목을 걸었다. 산란광 때문에 시야에 따라 이끼의 색이 바뀌었다. 흰 이끼는 은빛을 머금은 청록으로, 갈색 이끼는 자줏빛으로, 측백재 이끼는 금녹색으로 보였다. 그것들은 띠를 이루면서도 서로 뒤섞이며 군락을 형성했다. 얕게 살얼음이 끼어 있었다. 밟을 때마다 파삭파삭 깨지는 소리가 났다. 입김이 나왔지만 춥지는 않았다. 파초 숲이 되어버린 대로변에 도착했다. 양손으로 거대한 파초잎을 치워가며 숲속으로 들어갔다. 파초잎의 잎맥을 따라 서리가 하얗게 끼어 있었다. 바닥은 늪처럼 질척거렸다. 슬리퍼와 양말 사이에 진흙이 스며들었다. 시야가 어둠에 익숙해지자 흙탕물을 뚫고 자라난 버섯들이 보였다. 야광 버섯들이 군데군데 도로 표지병처럼 자라 있었다. 멀리서 볼 때는 선명하게 빛을 발하다가 내가 가까워지면 빛이 사그라들었다. 나는 안심이 되었다. 언제부터였더라. 사계절은 하루로 압축되었다. 곧 봄이 시작될 거였다. 얼음이 녹고 물을 머금은 이끼들은 통통해질 거였다. 바닥에 수북하게 떨어져 있던 벚꽃잎을 한 움큼 퍼서 종이봉지에 넣었다. 다음 날 아침, 염사가 윤미의 두 손을 배 위에 가지런히 포갰다. 나는 고인의 두 손에 쥐여주고 싶은 게 있다고 염사에게 말했다. 윤미의 손등 위에 벚꽃잎 몇 장을 올렸다. 염사가 광목천으로 윤미의 두 손을 싸매기 시작했다. 꽃잎이 손등에서 흘러내리지 않도록 조심하면서 염사는 윤미의 손등부터 광목천을 감싸 내려갔다. 두 손이 다 천으로 싸매지자 삼베 실로 윤미의 두 손목을 묶었다.

다음 주에는 실버 센터에서 장례식 이야기를 들려주면 좋겠다고 나는 생각했다. 이 이야기 역시 수강생들에게는 원래 내가 하려던 이야기와 점점 멀어져갈 것이 분명했다. 다른 이야기여도 그리 달라지진 않을 것이다. 윤미가 좋아했던 셔츠에서 사라져버린 단추를 내가 기어이 찾아줬던 일. 내가 손가락을 베이면 윤미가 꼭 연고를 발라주고 밴드를 붙여줬던 일. 설날 아침마다 서로에게 세배를 하고 세뱃돈을 주고받고서 무릎을 꿇고 앉았던 일. 진지하게 덕담을 해주었던 일. 무얼 바라고 사는지 너무도 잘 알아서 덕담 한마디 한마디가 더도 덜도 없이 딱 내 마음이었던 일. 만난 지 십 주년이 되었을 때 둘이 가장 말끔한 옷을 차려입고 셀프 스튜디오를 예약해서 기념사진을 찍었던 일. 우리 집에 왔네, 외출하고 돌아와 현관문을 열 때마다 안도하며 독백처럼 내뱉었던 말. 주말 아침마다 먼저 깨어난 사람이 잠들어 있는 사람의 손을 더듬어 깨웠던 것. 캄캄한 내 잠 속을 파고들던 윤미의 손길. 막상 눈을 떠보면 윤미는 내 손을 쥔 채 잠들어 있었지. 감은 두 눈 속에서 윤미의 눈동자가 움직일 때마다 속눈썹도 조금씩 움직였던 것. 그 장면을 더 오래 보고 싶은 마음과 속눈썹을 만져보고 싶은 마음이 나를 양쪽에서 간지럽혀 내 잠을 깨웠던 것. 약속대로 할머니가 되어서도 해마다 겨울이면 함께 실내 스케이트를 타러 갔고 여름이면 수영장을 찾았던 것. 윤미가 먼저 가고 난 후로도 나는 혼자였던 적이 없다는 것. 윤미가 입던 파자마를 지금 내가 입고 지낸다는 것. 이중 어떤 이야기를 들려준다 해도 그들에게 내가 전하고 싶은 사랑은 전달되지 않을 것이다.

"귀신하고 얘기하는 게 낫겠네."

나는 중얼거렸다.

집에 도착했을 때 나는 지쳐 있었다. 외출복을 드레서

에 넣어 데일리 케어 버튼을 누른 후, 욕실에 들어가 손과 발을 닦고 양치를 했다. 브리프 백에서 일기장을 꺼내 책장의 원래 위치에 꽂아두었다. 티포트의 뚜껑을 열어 볶은 우엉 조각 몇 개를 넣고 뜨거운 물을 부었다. 찻물이 우러나며 우엉 조각이 점점 커지는 것을 지켜보았다. 찻잔에 차를 따라 두 손으로 감싸 쥐고서 한 모금씩 마셨다. 가슴에서부터 따뜻한 기운이 퍼져갔다.

  냉장고에서 두부와 야채를 꺼냈다. 두부를 노릇노릇하게 구우면서 야채를 볶았다. 노릇하게 익은 두부를 접시에 담고 두부의 테두리를 따라 소스를 부었다. 한 스푼씩 두부를 떠서 입안에 넣었다. 목욕을 마치고서는 로션을 천천히 바르고 실내 온도를 조금 더 따뜻하게 조절했다. 브러시로 머리카락을 빗고 있을 때 현관문이 열리는 소리가 들렸다. 벌써 시간이 그렇게 되었나 싶어 시계를 보았다. 서둘러 집안의 불을 껐다. 현관의 중문을 열어주었다. 차가운 기운이 얼굴에 끼쳐왔다. 나는 몇 걸음 물러났다. 이십 초 정도 지났을까. 시야가 어둠에 익숙해졌고 눈앞엔 귀신이 서 있었다. 윤곽만 보였지만 귀신이 나를 쳐다보고 있다는 걸 나는 알 수 있었다. 오늘의 귀신은 어제보다는 체구가 작고 여리여리했다. 어제보다는 덜 차가웠다. 나는 들어오라는 눈짓을 했다. 귀신은 한 걸음씩 내 쪽으로 걸어왔다. 멈춰 서서 주변을 두리번거렸다. 나는 귀신을 거실 소파에 앉혔다. 나는 소파 아래 바닥에 앉았다. 그리고 귀신과 전쟁 특보를 보았다. 매일의 특보를 같이 보는 게 나와 귀신의 오랜 루틴이었다. 나는 화면에 시선을 고정한 채 건조기에서 꺼낸 타월들을 차곡차곡 갰다. 한 도시의 상공에서 전투기들의 폭격이 가해졌다. 폭발광 때문에 화면이 밝아질 때마다 귀신은 순간적으로 사라졌다. 폭발광의 형태에 따라 팔이나 다리 같은 몸의 일부만 사라지기도 했고 온몸이 사라지기도 했다. 화면이 어두워지면 귀신은 다시 나타났다. 나는 마지막 타월까지 다 갰지만 그것들을 욕실 장에 넣기 위해 바로 일어나진 않았다. 주방으로 가서 저녁 약을 꺼냈다. 오므린 손바닥에 담긴 알약들을 입에 털어 넣었다. 침대에 들어가자 귀신도 침실로 따라 들어왔다. 침대 옆에 서서 물끄러미 나를 내려다보았다. 이불을 치워주었다. 옆자리를 손바닥으로 툭툭 쳐서 옆에 누워도 된다는 의사를 표했다. 귀신이 옆에 누웠다. 그리고 나를 바라보았다. 건너오는 차가운 기운이 나에겐 온기였다.

귀신을 처음 만난 건 고시원에서 살 때였다. 여름마다 윤미와 나는 방문을 한 뼘 정도 열어두고 지냈다. 방엔 창문이 없었고 에어컨은 복도에만 있었다. 그 방은 한겨울에도 한여름 이불을 덮고 지낼 만큼 후덥지근하고 답답했다.

여름에는 끓고 있는 냄비 속에 들어앉은 것 같았다. 몸이 아이스크림처럼 흐물흐물 녹아내릴 것 같았다. 복도를 지나가면 모든 방의 문이 한 뼘씩 열려 있었다. 속옷 차림의 입주자들이 그 안에서 무얼 하고 있는지가 다 들여다보였다. 복도의 불은 이십사 시간 켜져 있었다. 방의 불을 끄고 지내면 복도에서는 그나마 잘 보이지 않았다. 낯선 사람이 열린 방문 사이로 우리를 쳐다본다는 착각을 윤미와 나는 자주 했다. 어느 새벽 나는 추위 때문에 잠에서 깼다. 침대 옆에 누군가 서 있었다. 그와 나는 한동안 서로를 쳐다보았다. 난데없던 추위는 그 사람이 데려온 것이었다. 잠결에 나는 살 것 같다고 혼잣말을 했다. 선풍기에 얼굴을 가져다 대듯 그에게로 더 가까이 내 뜨거운 머리를 옮겼다. 그러곤 다시 잠이 들었다. 아침에 눈을 떴을 때 밤에 누군가 우리 방에 나타났던 게 꿈이었는지 실제였는지 헷갈렸다. 윤미에게 얘기하려다 곧 잊어버렸다. 그는 여러 날을 새벽마다 다시 나타났다. 두 번째로 나타났을 때 그는 우리 침대 옆 방바닥에 웅크리고 있었다. 세 번째로 나타났을 때는 방바닥에 누워 있었다. 누가 누워 있을 만한 공간은 침대 옆 바닥뿐이었으므로 그는 우리 방에 와서 거기에 누워 있었다. 밤마다 나는 살 것 같다고 되뇌었다. 시원하다고 생각했다. 그는 올 때마다 모습이 달랐다. 꼬마만큼 자그마했다가, 거동이 어려울 만큼 늙어 보였다가, 파마한 긴 머리카락을 묶고 있기도 했고, 두툼한 패딩을 입고 있기도 했다. 성별이 단박에 유추될 때도 있었지만 그렇지 않을 때가 더 많았다. 나는 그가 귀신이라는 걸 알았다. 항상 다른 모습으로 찾아왔지만 왜인지 같은 귀신이 모습만 바꾸어 다시 찾아온 거라고 생각했다. 이 귀신은 보여주고 싶은 모습이 참 많은가 보다, 정도로만 짐작했다. 나는 귀신을 자세히 볼 수 있었다. 꿈에서라면 그즈음에 잠에서 깼을 텐데 꿈이 아니었기 때문에 귀신과 나는 서로를 빤히 마주 보았다. 그는 파리한 얼굴을 하고 있다거나 무서운 인상을 주지 않았다. 나나 윤미의 얼굴처럼 그의 모습은 평범했다. 어둠 속에서 그는 유독 더 또렷하게 형체를 드러냈다. 그가 방바닥에 반듯하게 누울 때, 두 손을 배 위에 가지런히 모으고 있을 때, 그의 열 개 손톱이 유독 유리처럼 빛났다.

밤 열한 시 정각이 되면 나는 허리형 앞치마부터 풀었다. 카운터 뒤에 있는 창고에 들어가 차곡차곡 접은 앞치마를 선반에 넣었다. 옆에 걸어둔 내 가방을 집어 들었다. 카운터 서랍에 꽂힌 노트에 퇴근 시간을 적고, 가게 직원들과 사장에게 차례대로 인사했다. 두 블록 옆에 있는 윤미의 가게로 뛰어갔다. 윤미가 아르바이트를 하던 이자카야 사장은 정해진 퇴근 시간보다 이십 분 정도는 더 일을 시키고서 아르바이트생을 보내주었다. 나는 보란 듯이 손목시계를 보며 가게 문 앞을 서성였다. 유리창 너머로 유니폼을 입은 윤미가 보일 때마다 나는 두 손을 높이 들어 휘저었다. 윤미는 그런 나 때문에 다른 아르바이트생보다 오 분은 더 일찍 집에 갈 수 있다고 했다. 둘 다 가게에서 저녁을 먹었음에도 퇴근길엔 항상 무언가를 먹고 싶어졌다. 우리는 길거리에서 파는 핫도그나 아이스크림 같은 것을 한 개만 사서, 한입씩 번갈아 먹었다. 그날은 편의점에서 삼각김밥과 컵라면을 샀다. 편의점 앞 테이블에 앉아 라면이 익기를 기다렸다. 나는 윤미에게 우리 방에 귀신이 찾아온다는 이야기를 조심스레 꺼냈다. 우리가 함께 지내는 방에 윤미가 정을 붙이지 못하고 있다는 걸 알고 있었기 때문에 윤미가 무섭다느니 이사를 해야겠다느니 하는 식의 반응을 할까 봐 나는 지레 걱정을 잔뜩 하고 있었다. 윤미는 내 말을 믿지 않는다는 듯 다음에 만나게 되면 자신을 깨워달라고 대수롭지 않게 반응했다. 나는 그러겠다고 답했다. 그날 밤 우리는 침대에 나란히 앉아 귀신과 마주 보았다. 그날의 귀신은 하필 천장까지 닿을 듯한 덩치였고 우리를 마주 보며 서 있었다. 윤미는 귀신이 안 보인다고 했다. 자신의 베개를 들고 일어섰다. 침대 옆 방바닥에 베개를 놓아두며 윤미는 혼잣말처럼 말했다. 귀신도 베개는 베야지.

　다음날부터 우리는 침대 옆 방바닥에도 잠자리 공간을 만들었다. 일인용 요와 얇은 이불을 마트에서 구입해 와서 잠들기 전에 깔아두었다. 우리가 잘 준비를 하고 나서야 찾아오던 귀신은 이제 복도에서 우리를 기다리며 흐릿하게 서 있다가 우리가 집에 돌아올 때 함께 방으로 들어왔다. 가끔은 내가 바닥에서 자고 윤미가 귀신과 침대에서 잤다. 가끔은 윤미가 바닥에서 자고 내가 귀신과 침대에서 잤다. 한번은 셋이 누워 있는데 모르는 사람이 반쯤 열린 문을 노크했다. 처음 보는 여자가 혹시 주무시냐고 조용히 물었다. 여자는 손에 비닐봉지를 들고 있었다. 앞방에 새로 이사를 왔다고 했다. 앞으로 잘 부탁한다며 우리에게 비닐봉지를 내밀었다. 백설기 한 덩이와 캔 음료가 들어 있었다. 이곳은 그런 인사를 하는 장소가 아니라는 사실을 여자는 아직 모르는 듯했다. 떠날 때 축하를 하면 모를까. 윤미와 나와 귀신은 나란히 침대에 기대앉았다. 분홍색 하트가 그려진 백설기를 나와 윤미는 뜯어먹었다. 윤미는 우리의 자그마한 냉장고에서 인스턴트 우동 팩 하나를 꺼냈다. 받았던 비닐봉지에 우동을 넣고, 그 비닐봉지를 여자의 방 문틈 사이로 밀어 넣었다. 이후로도 앞방 여자는 종종 우리 방을 예고 없이 찾아왔다. 우리 방이 시원한 편이어서 좋다고 했다.

우리는 넷이 다닥다닥 붙어 앉아 비디오를 보거나 앞방 여자가 혼자서 다 먹을 수 없었던 야식을 나눠 먹었다. 여자가 어떤 일을 하는 사람인지, 왜 이곳에서 살고 있는지 우리는 묻지 않았다. 여자도 우리에게 무언가를 물어본 적이 없었다. 귀신한테 우리가 그랬듯이 그 여자에게도 그렇게 했다. 윤미와 나는 우리 둘만의 비밀이었던 귀신의 존재를 앞방 여자에게 말해주었다. 골목의 재개발이 확정되고 고시원 사람들이 뿔뿔이 흩어지고 앞방 여자와 연락이 끊긴 이후에도 나와 윤미는 그 여자에 대한 이야기를 나누곤 했다. 그 여자는 지금쯤 어떻게 살고 있을까. 여전히 이사를 가면 이웃에게 떡을 돌릴까. 윤미와 내가 이사를 한 이후로 귀신은 나타나지 않았다. 여자에 대해 말을 하면 귀신에 대해 말하게 됐고, 귀신 이야기를 하면 여자 이야기를 하게 됐다. 억울한 게 있어 보이지는 않았는지 윤미가 궁금해했다. 귀신은 보통 억울할 때 나타난다던데. 그럴지도 모른다고 나는 답했다.

"나한테 할 말이 있었던 걸까?"

나는 윤미에게 물었다. 그럴지도 모르지만 그냥 우리를 찾아온 것일 수도 있지 않느냐고 윤미는 내게 말했다. 고시원을 나오던 날 이삿짐을 쌀 때도 우리는 종이 박스에 짐을 넣으며 귀신에게 작별인사를 했다. 잘 지내요. 다음에 또 봐요.

나는 귀신에 대해 서서히 잊었다. 사람들과 어쩌다 귀신 이야기를 하게 될 때 나도 내가 만났던 귀신 이야기를 들려주었다. 사람들은 대개 숨죽이다가 가녀리게 비명을 지르고 소름이 돋는다며 팔을 쓸어내렸다. 사람들이 생각하는 귀신과 내가 만난 귀신은 달랐다. 윤미에 대해 내가 자랑스럽게 이야기하듯 귀신에 대해서도 그렇게 이야기를 하고 싶었을 뿐이었다. 내가 표현을 잘 못 하는 걸까. 내가 만난 귀신에게 미안했다.

윤미의 장례를 치르고 집에 돌아왔을 때, 귀신은 다시 왔다. 그날 나는 윤미의 유골함을 납골당에 안치하고 온 참이었다. 양치를 하다 칫솔꽂이에 꽂혀 있는 윤미의 칫솔을 잠시 바라보았다. 사망진단서가 담긴 서류봉투를 들고 집안을 돌아다녔다. 침대에서 윤미의 베개를 베고 잠을 청했다. 잠이 잘 안 올 때 서로의 베개를 바꿔 베는 게 나와 윤미의 오랜 습관이었다. 감았던 눈을 떴을 때, 귀신이 나를 내려다보고 있었다.

"다시 못 볼 줄 알았는데."

그때 나는 귀신에게 처음으로 말을 걸었다. 귀신은 대답이 없었다. 매일매일 귀신은 다른 체구로, 다른 성별로 나의 침실에 나타나 나와 함께 잠을 잤다. 주말 아침이면 여전히 캄캄한 나의 잠 속으로 윤미의 손길이 파고들었다. 눈을 떠보면 옆자리는 비어 있었다. 나는 그를 밤에만 나타나는 반려 식물 정도로 받아들였다. 귀신이 사람을 붙잡고 오랜 원한을 하소연한다는, 자신이 당한 억울한 일을 일목요연하게 전하며 사람에게 응징을 대리해주길 요청한다는 옛날이야기는 귀신에 대해 잘 모르고서 떠벌린 이야기가 아니었을까. 나는 그가 할 말이 있어서가 아니라 계속 나타나기 위해 나를 찾아온다고 느꼈다.

나와 귀신은 나란히 누워 서로의 얼굴을 바라보고 있었다. 거울에 비친 것처럼 같은 자세였다. 내가 완전히 잠들 때까지 귀신은 나를 바라보고 있을 거였다. 잠이 든 이후로도 계속 그럴 거였다.

"아케이드 바깥에 가보고 싶니?"

내가 귀신에게 물었다. 너무 조용해서 내 목소리가 남의 목소리처럼 울렸다. 나는 침대에서 일어났다. 식탁 의자에 걸쳐두었던 카디건에 팔을 꿰었다. 내가 바깥으로 나가자 귀신도 뒤따라왔다. 외부로 통하는 아케이드 출입구가 열려 있었다. 출입구가 없어진 지가 언젠데. 나는 꿈이구나 했다. 아케이드 바깥으로 나왔다. 내가 앞장을 섰다. 벚나무 군락지로 가는 길은 잘 알고 있었다. 이끼로 뒤덮인 폐

쇄된 골목길을 걸어가며 나는 자주 뒤를 돌아보았다. 귀신이 잘 따라오고 있는지 확인했다. 귀신은 왜인지 점점 뒤처졌고 나는 얼른 오라고 손짓을 했다. 나는 자주 멈춰 서서 귀신을 기다려주었다. 손을 잡고 걸어야겠다고 생각했다. 손을 내밀자 귀신은 내 손을 잡았다. 체온이 느껴지지 않았다. 감촉 같은 게 전달되지도 않아서 뒤를 돌아 잡고 있는 손을 여러 번 확인해야 했다. 바다에서 빠져나올 때 윤미가 내 손을 잡고 잘 따라오고 있는지 뒤를 돌아보았던 그날 같았다. 우리는 결국 바닷가로 이사를 가지 못했구나. 그러고 싶다고 누군가 말하면 그렇게 하면 되지 뭐, 하고 대답했던 것들이 우리에겐 너무도 많았다. 웬만한 것에 대해선 우리는 약속대로 했다.

수영 모자를 쓰려 할 때면 윤미가 뒤쪽에서 내 수영 모자를 잡아줬다. 수영장에는 거의 물고기처럼 헤엄치는 꼬마들과 거의 인어처럼 헤엄치는 노인들이 바글거렸다. 꼬마애들은 물 밖에 나와서도 물고기처럼 뛰어다녀 안전요원이 자주 호루라기를 불었다. 노인들은 수영복을 벗고 샤워기 앞에 섰을 때야 제 나이를 드러냈다. 물속에서 윤미는 다리에 자주 쥐가 났다. 한번 쥐가 나면 발을 주물러 쥐를 풀어내도 금세 다시 쥐가 났다. 우리는 서로의 코치가 되어 팔꿈치의 자세를 잡아주고 엉덩이를 더 띄우게 만들어주고 무릎을 곧게 펴보라고 조언을 해줬다. 가빠진 호흡 때문에 수영장의 레일 한가운데에 멈춰 설 때마다 나는 뒤를 돌아보았다. 윤미가 뒤에서 잘 따라오고 있는지 확인했다. 윤미가 멀면 조금 느리게 두 팔을 저었고, 윤미가 가까우면 조금 빠르게 물을 찼다. 물 밖에서 걷는 속도는 어느덧 닮아가 비슷해졌는데 물속에서 우리는 다시 속도를 맞춰야 했다. 수영을 배워서 좋지 않으냐고 윤미가 자꾸 물었다. 좋다고 나는 답했다. 윤미는 활짝 웃고 있었다. 윤미가 이렇게 좋아하는 걸 보는 게 얼마 만인지. 왜 이제야 수영을 배우기 시작했는지. 윤미는 기초반에서 가장 자세가 좋아서 강사로부터 자주 칭찬을 들었다. 강습이 끝나고 힘이 쪽 빠진 채로 체육관 바깥으로 나오면 땡볕이 쏟아지는 오전이었다. 둘 중 한 명은 목욕 바구니를 들고 있었고 다른 한 명은 수영 가방을 들고 있었다. 우리는 둘 다 머리카락이 젖은 채 손차양을 하고서 걸었다. 체육관 근처의 식당을 순회하며 런치 메뉴를 섭렵했다. 밥을 먹다 말고 손바닥이 얼마나 쪼글쪼글해졌는지 서로에게 보여주었다. 쉰이 넘어서부터는 여름마다 동해 바다를 찾아가 수영을 했다. 헤엄치다 지치면 둘 다 바다 위에 드러누웠다. 손을 잡고서 하늘을 보며 물 위를 떠다녔다. 두 다리를 쭉 뻗고 해변가 모래밭에 앉아 밀려오는 파도에 종아리와 엉덩이를 적시기도 했다. 발가락 사이로 맑고 반짝이는 모래들이 들락거렸다. 쪼끄만 조개껍데기처럼 파도에 쓸려온 것들이 우리 곁에 모여 있었다. 파도가 조금 높은 날 바다에 들어갔다가 파도에 휩쓸린 적도 있었다. 한번은 윤미와 손을 꼭 잡고 있었는데도 놓치게 되었다. 파도의 소용돌이 속에서 데굴데굴 구르다가 낮은 수위까지 떠밀려왔을 때 나는 윤미부터 찾았다. 윤미는 더 깊은 바다에서 겁에 질린 얼굴로 튀어나왔다. 바닷물이 허리 정도까지 차는데 윤미는 머리카락이 미역처럼 되어서는 내 이름을 부르며 더 깊은 바다 쪽으로 팔을 휘저으며 들어갔다. 내가 여기에 있다고 외쳤는데도 파도 소리 때문에 윤미에게는 닿지 않았다. 먼바다를 보며 윤미는 악을 쓰듯 내 이름을 외쳤다. 윤미가 그렇게까지 평정심을 잃은 적은 매우 드물었기에 나는 윤미를 향해 뛰어가며 여깄어 여깄어, 하고 큰 소리로 외쳤다. 공포가 스쳐 간 얼굴로 윤미는 나와 마주 보았다. 우리는 반갑게 웃었다. 윤미의 손을 잡고 성큼성큼 바다에서 걸어 나오며, 곧 할머니가 되면 이 동네로 이사를 와서 매일매일 이렇게 살자고 우리는 약속했다.

언젠가부터는 물속에서 헤엄치는 것이 물 밖에서 걷는 것보다 편안해졌다. 물속이 더 위험한 공간이라는 걸 잊은 적은 없었지만. 물에 들어갈 때마다 몸이 이상하면 바로 말을 하자며 서로에게 약속했지만. 위험함에도 불구하고 행복한 공간. 우리에게는 물속이 그랬다. 우리의 하루하루는 대체로 무던했고 평화로웠다. 격렬하게 싸움을 한 적도, 한 사람이 다른 한 사람을 위해 희생을 한 적도, 둘 사이에 이견을 부추길 만한 갈등이 일어난 적도 없었다. 우리는 서로를 위해서 무언가를 포기한 적이 없었다. 다만 우리는 우리가 살아가는 데 필요하다 여겨지는 많은 것들을 욕망하지 않기로 했다. 윤미와 나는 그것들을 함께 포기했다. 포기한 욕망들이 포기한 이후에도 계속 우리 앞에 나타났지만 요일에 맞춰 쓰레기를 버리러 나가듯 우리는 버린 것들을 또 버리기 위해 함께 현관문을 열었다. 그런 식으로 우리는 서로를 돌봤다. 그게 더 사랑 같다던, 열일곱의 윤미가 했던 말이 떠올랐다. 윤미는 기억도 못 하던 말. 나는 멀찌감치에서 밝게 빛나는 파초 숲의 야광 버섯들을 바라보았다. 한 발씩 다가갈 때마다 더 먼 곳의 버섯이 나타났다. ■

금빛 베드 러너

그때 지윤은 운전석에서 하얀 봉투를 들고 있었다. ATM 기계 옆에 비치되는 은행 봉투였다. 봉투의 겉면에는 누군가 볼펜으로 '힘내십시오'라고 적어두었다. 엄마가 다른 사람에게 받은 봉투를 재활용한 모양이었다. 엄마는 지윤과 지내다 헤어질 시간이 되면 종이백 가득 무언가를 담았다. 썰고 덖어서 만든 생강편, 직접 키우고 수확해서 볶은 땅콩, 지윤이 어릴 때 좋아했던 진미채와 연근조림, 나무에 딱 하나 열렸다는 토마토 한 알일 때도 있었다. 나눠 먹을 것이 풍성하지 못하다는 느낌이 들 때면, 신용카드 한 장이나 장미 모양의 순금반지를 얹어준 적도 있었다. 지폐를 두툼하게 넣은 흰 봉투일 때도 있었다. 돈봉투를 건넬 때 엄마는 숨겨왔던 비밀을 알려주는 사람처럼 굴었다. 지윤의 몸에 자기 몸을 바짝 붙였다. 이거 가져가. 귀에 대고 자그마한 목소리로 속닥였다. 하얀 봉투를 재빨리 반으로 접어 지윤의 점퍼 주머니에 밀어 넣었다. 집에 가서 봐. 지윤은 이번에도 봉투 안에 든 것이 지폐인 줄로만 알았다.

고속도로 휴게소에 들렀을 때야 지윤은 주머니에 든 봉투를 꺼냈다. 돈이 들어 있긴 했다. 편지 두 장과 함께. 지윤은 편지를 펼쳐보았다. 스프링노트를 아무렇게나 찢은 듯했다. 귀퉁이도 누랬다. 지윤은 그 편지를 단박에 알아보지 못했다. 내용을 다 읽은 뒤에도 마찬가지였다. 하지만 글씨체와 표현들만큼은 알아볼 수 있었다. 그것은 지윤이 쓴 편지였다.

편지에는 두렵다고 적혀 있었다. 아무리 노력해도 도무지 네 마음을 모르겠다고. 사랑한다고, 제발 그러지 말라고 적혀 있었다. 이 편지를 너에게 보내지 못할 것 같다는 문장으로 편지는 끝이 났다.

편지에는 '너'라는 단어와 '언니'라는 단어가 번갈아 등장했다. 지윤이 언니라고 부르면서 너라고도 부른 사람은 그 사람뿐이었다. 칠 년 전쯤에 지윤은 그 편지를 썼을 거였다. 그때 지윤은 두 살 위의 여자와 동거를 했다. 지윤의 엄마도 몇 번인가 그 여자를 보았다. 여자와 헤어진 뒤에도 엄마는 종종 여자의 안부를 묻곤 했다. 요즘은 연락 안 해? 같이 안 살더라도 서로 연락은 하고 살라면서 엄마는 참견을 했다.

대체 어느 시기에 엄마가 이 편지를 발견한 것인지 지윤은 짐작조차 되지 않았다. 엄마는 언제부터 알고 있었고 얼마나 오래 모르는 척해왔던 것일까. 지윤은 눈앞이 까마득해졌다. 속이 울렁거릴 정도였다. 얼굴이 홧홧거렸다.

이런 걸 두려워할 나이는 지났잖아.

지윤은 침착해지기 위해 되뇌었다. 자신이 여전히 두려워하고 있다는 것에 지윤은 힘이 쏙 빠지는 듯했다. 두렵다고 편지에 적어두었던 칠 년 전처럼.

지윤은 다시 편지를 접었다. 봉투를 열어 혹시라도 엄마가 남긴 다른 쪽지 같은 것이 없는지 살폈다. 아무것도 없었다.

힘내십시오.

봉투에 적혀 있는 문장을 곱씹었다. 그제야 지윤은 다른 것이 궁금해지기 시작했다. 엄마는 이 편지를 왜 챙겨준 걸까. 굳이 지윤에게 돌려준 마음은 도대체 어떤 걸까. 하얀 봉투를 점퍼 주머니에 넣어주던 엄마의 얼굴을 지윤은 떠올렸다.

엄마의 표정이 어땠더라.

엄마는 알의 코팅이 벗겨진 안경을 쓰고 있었다. 눈썹 문신을 한 부분에 드문드문 색이 빠져 있었고, 왼쪽 뺨 언저리에 타원형의 기미 몇 개가 새로 생겨 있었다. 그 아래로 손가락 한 마디 정도 길이의 볼거리 흉터 자국이 있었다. 입술선이 유독 선명했고 갈색빛의 눈동자는 여전히 커다랬다. 지윤은 엄마의 얼굴을 정확하게 떠올릴 수 있었다. 그러나 이목구비가 따로따로 또렷하게 떠오를 뿐, 엄마의 표정은 읽히지 않았다.

지윤이 개구리들을 떠올린 것은 그 순간이었다. 연잎들이 하나둘 공중으로 떠올랐다. 연잎을 타고 개구리들이 날아다니기 시작했다. 수십 수백의 개구리, 수천의 개구리……. 개구리 떼는 나무들의 정수리를 지나 전봇대에 앉아 있는 새떼들 너머 마을로 향했다. 식탁에 앉아 빵을 먹고 있는 남자네 창문을 지나, 빨랫줄에 매달려 흔들리는 빨래들을 떨어뜨렸다. 낮은 지붕 아래 열린 창문 안으로 들어갔다. 안락의자에 잠든 할머니 주변을 떼를 지어 떠다녔다. 뛰어다니는 개의 꽁무니를 추격하듯 쫓아다녔다. 밤새 마을의 온갖 곳을 날아다녔다. 아침이 밝아오자 개구리들은 모두 사라졌다. 동그란 연잎들만 길바닥 여기저기에 떨어져 있었다. 한 남자는 손으로 턱을 괸 채 연잎들을 바라보았다.

개구리들의 표정이 어땠더라.

지윤은 개구리를 떠올려보았다. 초록색이거나 황토색이었던 얼굴. 검은 반점들로 뒤덮인 콧잔등. 툭 튀어나와 있던 커다란 눈. 양 볼을 커다랗게 부풀리던 개구리와 긴 혀를 날름거리던 개구리와 눈동자가 점처럼 자그마했던 개구리와 눈동자가 마름모꼴이었던 개구리를 지윤은 기억해 낼 수 있었다. 그러나 그들의 표정을 알 수는 없었다.

에이도스 검사 과정에서 지윤이 읽어야 했던 그림책에 개구리들이 등장했다. 글자는 없고 그림만 있는 그림책을 보고 지윤이 검사자에게 이야기를 지어서 들려주는 방식이었다. 세 시간 남짓한 검사가 끝났을 때, 검사자는 조심스러운 목소리로 말했다. 결과가 나와야 확실해지겠지만 지윤 씨는 해당이 될 것이라고.

"어떤 점에서요?"

지윤은 검사자에게 질문했다. 원하지 않았던 결과냐고 검사자는 되물었다.

"제 말의 어떤 점이 달랐던 건지 저로서는 잘 몰라서요."

"이 검사는 피검사자가 하는 말을 관찰하는 게 아니에요."

검사자가 말을 이었다.

"여러 증상들을 보는 거예요."

지윤은 마치 시험에 임할 때처럼 검사에 임했고, 자신이 모든 과정을 꽤나 성실하고 매끄럽게 이행했다고 여겼다. 지윤이 시험을 치를 때에 늘 그러듯 최선을 다했고 실수 같은 건 없었다. 한 달이 지난 후에 지윤의 집으로 배달된 검사 결과지에는 진단 기준점을 훨씬 초과하는 점수가 적혀 있었다. 지윤이 자폐 스펙트럼 장애가 있다는 결과였다. 세 시간의 검사에서 목격된 지윤의 증상들은 일곱 페이지 정도의 검사지에 빼곡하게 적혀 있었다. 그림책에 나온 표정들을 지윤이 읽어내지 못했다는 문장을 지윤은 오래 들여다보았다.

표정이 있었다고?

지윤은 용산역을 향해 뛰고 있다. 얼마 전 엄마에게 봉투를 받았다는 사실을 상기한다. 고속도로 휴게소에서 벚꽃을 보았었다. 지나가던 차들의 바퀴에 휘감기던 벚꽃잎들을. 그때는 사월 중순이었다. 넉 달 전이었다. 그동안 지윤은 휴게소에 꺼내본 하얀 봉투에 대해 떠올린 적이 없다. 봉투를 열어봤을 때만 해도 꽤나 놀랐는데도 그랬다. 지윤에게는 그보다 더 크게 놀랄 일들이 있었다. 지윤은 엄마가 폐암 4기 판정을 받았다는 전화를 받았다. 뇌와 뼈에 이미 전이가 되었다고 했다. 지윤은 무서웠다. 엄마가 아프다는 것과 자신이 암에 대해 아는 것이 전혀 없다는 사실에 대한 무서움에 시달렸다. 지윤은 자폐 스펙트럼 장애 검사 결과를 가족들에게 알리고 싶다는 생각을 저 멀리 밀쳐놓고 암에 대한 공부를 시작했다. 엄마가 정확히 어떤 상태에 놓여 있는지를 알아야겠어서 병원에서 의료기록을 받아보고, 거기에 적힌 용어들을 학습했다. 엄마가 암 진단을 확정받은 것은 지윤에게 전화로 알려준 것보다 훨씬 이전이었다. 엄마는 지윤에게보다 먼저 주변에 진단 결과를 알렸다. 친척들, 환갑여행을 함께 갔던 초등학교 동창들과 마을 사람들이 다 알고 나서 지윤이 마지막으로 알았다. 엄마는 동네의 홍철이라는 남자가 다른 이웃들에게 엄마의 병명을 전하며 이런 말을 덧붙였다고 했다.

"비밀이야. 소문은 내지 마."

엄마는 홍철에게 전화를 걸어 서운하다며 바로잡았다. 모르는 척하고 비밀로 해야 할 일이 전혀 아니라고. 그 일화를 지윤에게 전해주며 엄마는 한껏 섭섭함을 드러냈다. 못된 것, 왜 비밀로 해야 하는데, 내가 뭘 잘못했는데. 엄마는 한참이나 중얼거렸다. 지윤은 엄마에게 묻고 싶었다. 나한테는 왜 비밀로 했느냐고.

힘내십시오.

하얀 봉투에 적힌 문장을 지윤은 이제야 이해한다. 엄마의 병명을 들은 누군가가 엄마에게 건넨 봉투였다. 치료비에 조금이나마 보탬이 되기를 바라면서. 그리고 엄마는 자신의 암 진단에 대해 말하는 대신 칠 년 전 지윤의 연애편지를 봉투에 넣는 걸 선택했다.

왜지.

지윤은 3번 출구를 통해 용산역으로 들어간다. 드넓은 대합실이 펼쳐진다. 지윤은 겁부터 난다. 이렇게 드넓은 장소에서 지윤은 늘 호흡부터 가다듬어야 한다. 너무 많은 간판들. 너무 많은 간판 속 이름들. 알록달록한 전광판들. 표지판들. 표지판 속 화살표들. 공중에서 거대한 유리병이 터져버려 파편들이 날아다니는 것처럼 보인다. 지하철과 기차를 타기 위해 움직이는 승객들과 마중 나온 사람들과 근처의 쇼핑몰을 가려는 사람들이 바글거린다. 지윤은 침착하게 주변을 둘러본다. 2번 출구만 찾으면 그다음은 어렵지 않다. 출구를 등지고 서면 '열차 타는 곳' 표지판이 있다. 표지판의 왼편에는 에스컬레이터와 기둥이 있다. 그 기둥 뒤에 약국이 있다. 출발하기 전에 핸드폰으로 검색해본 것과 다르지 않다.

"화이투벤 두 통 주세요."

지윤이 신용카드를 만지작거리며 생각해둔다. 일단 엄마에게 약을 먹이고, 한 시간 남짓 지켜보아야 한다. 한 시간이 지나도 호전되지 않는다면 얼른 응급실에 가야 한다.

시간을 지체하면 안 된다. 약을 먹이자마자 간단하게라도 짐을 미리 챙겨놔야 한다. 그리고 응급실로 가는 길을 미리 검색하자.

"화이투벤은 없어요."

약사가 답한다. 지윤은 신용카드를 내민 채 서 있다.

"다른 감기약으로 드릴까요?"

약사가 다시 말한다.

"아뇨."

지윤은 뒤돌아선다. 약국을 빠져나온다. 엄마는 분명히 화이투벤이라고 말했다. 그게 잘 듣는다고 했다. 지윤은 화이투벤의 성분에 대해 검색한다. 타이레놀도 화이투벤처럼 아세트아미노펜이 주요 성분이지만, 다른 주요 성분의 목록이 다르다.

다른 약국을 찾아가면 된다. 근처에 약국이 한 군데 더 있다. 다른 약국의 위치는 이 약국에 비해 친절하게 안내되어 있지 않다. 아이파크몰 리빙관 6층이라고만 적혀 있다. 아이파크몰은 용산역을 디귿 자 모양으로 둘러싸고 있다. 패션관, 동관, 서관, 면세점, 디지털전문점, 광장, 에어숍, 이마트, 리빙관 등으로 나뉜다. 미로 같은 구조로 유명하다. 지윤은 이곳에 몇 번 영화를 보러 온 적이 있다. 올 때마다 길을 잃었다.

지윤은 눈앞이 까마득해진다. 열차의 출발과 도착을 알리는 전광판의 글자들이 시시각각 바뀐다. 속이 울렁거린다. 전조 증상이 시작되고 있다.

지금은 안 돼.

지윤은 두 주먹을 꼭 쥐었다 편다. 잼잼을 하듯이. 너무 추우면 턱이 떨리듯이 평정을 잃을 때 지윤의 두 손은 아기처럼 그렇게 움직인다. 그건 지윤에겐 조건반사 같은 것이다. 리빙관. 리빙관. 되뇌며 지윤은 걷는다. 어째서 감기약 하나 챙겨오지 않은 걸까. 엄마의 몸이 보이는 것보다 더 쇠약하다는 걸 지윤은 번번이 놓치고 있다. 여행을 온 것부터가 무리한 선택이었다는 후회가 밀려온다. 서울로 피서를 가자고 엄마에게 제안한 건 지윤이다. 암 진단에 대해 들은 이후부터 지윤은 엄마와 함께 지내는 시간이 늘어났고, 엄마가 여행 프로그램을 즐겨 본다는 것도 알게 됐다. 외국의 이색 호텔 같은 것이 소개될 때마다 엄마는 안고 있던 핫팩 주머니를 내려놓으며 말했다.

"저것 좀 봐."

지윤이 같이 보고 있는데도 자꾸 보라고 했다. 가까운 일본이나 제주도라도 엄마와 함께 가고 싶었지만, 응급상황을 고려하지 않을 수는 없었다. 병원과 가까운 곳, 멋진 호텔이 있는 곳, 엄마에게 새로운 기쁨을 줄 수 있는 장소를 궁리하다가 서울이 떠올랐다.

　엄마의 암 진단 직후에는 하루가 멀다 하고 주변 사람들이 병문안을 왔다. 동네 주민들과 친척들이 쉴 새 없이 들락거렸다. 그들은 초인종을 누르지도 않고 현관문을 벌컥 열고 식구처럼 엄마 집에 들어왔다. 전에 지윤은 누군가 그렇게 들어올 때마다 얼른 방으로 들어가버리곤 했지만, 엄마가 아프고 나서는 그러지 않았다. 참외나 사과 같은 것을 찬물에 뽀득뽀득 닦고 과도로 예쁘게 깎았다. 접시에 담아 소파 테이블에 올려두었다. 그러고는 그들 옆에 자리를 잡고 앉았다. 그들은 아랫동네 누에농장 깍쟁이가 선물이라며 또 물러터진 복숭아를 줬다느니 하는 이야기들을 나누었다. 그들이 집에 찾아오는 것을 엄마는 좋아하는 듯했다. 지윤이 그들과 나란히 앉아 엄마 옆을 지키는 것도 엄마는 무척 흡족해했다. 암 진단을 받기 전만 해도 엄마는 그들을 못된 것들이라고 지윤에게 말해왔다. 그들이 나간 대문에 대고 씹어 뱉듯 말했다. 못된 것들, 아주 사람을 뭣같이 보고. 이제 엄마는 그들이 나간 뒤에 흐뭇하다는 듯 대문 쪽을 보며 웃었다. 지윤은 틀린 그림 찾기를 하듯 이전과 지금의 차이에 대해 생각했다. 두 장면을 머릿속에 나란히 펼쳐두고 다른 지점을 찾아보았다. 배치였다. 이제 그들은 엄마를 소파의 가운데 자리에 앉게 했다. 모두가 엄마의 눈을 쳐다보며 말을 했다.

그때 지윤은 엄마가 서울로의 여행을 좋아하리라 여겼다. 엄마는 마을 사람들에게 호캉스를 다녀왔다고 자랑할 것이다. 딸이 호캉스를 시켜주었다고. 마을 사람들 중 호캉스를 경험해본 첫 번째 사람이 되어서. 지윤은 워커힐에서 진행하는 전시와 롯데타워의 아쿠아리움, 한남동의 전통차 클래스와 호텔의 파인다이닝을 예약했다. 차례대로 그곳들을 방문한 후, 루프탑 카페에서 엄마와 함께 서울의 야경을 볼 예정이었다.

여행의 첫 일정이었던 전시장에 들어설 때만 해도 지윤은 자신의 선택에 만족했다. 익숙한 명화들을 극장이라는 콘셉트로 재해석한 미디어아트 전시였는데, 엄마가 그 그림들을 알아보고 기뻐했다. 그 그림들에서 무엇을 감상해야 하는지, 도슨트처럼 엄마는 계속해서 지윤에게 속삭여주었다. 고흐의 「꽃 피는 아몬드나무」 액자 아래에는 「폴 고갱의 의자」와 똑같이 생긴 의자가 놓여 있었다. 엄마가 의자에 앉았고 지윤은 사진을 찍었다. 엄마는 리넨 재질의 블라우스와 감색 베스트를 입고 있었는데, 의자의 색감과 잘 어울렸다. 「진주 귀고리를 한 소녀」 앞에 도착했을 때 엄마는 핸드폰을 꺼내 그림을 찍었다. 마음에 드는 그림을 볼 때마다 엄마는 연신 핸드폰을 들이댔다. 식탁 위의 휴지

케이스에 핸드폰을 기대어두고 사진을 따라 그림을 그리는 것이 엄마의 유일한 취미였다. 엄마는 집에 가서 이 그림들도 모작을 할 생각에 들떠 있었다.

중앙홀은 삼 층 정도 층고의 드넓은 공간이었다. 빔프로젝터를 통해 명화들이 공간을 360도로 에워싸며 재생되었다. 홀 여기저기에 놓인 빈백과 느슨한 자세로 누워 있는 사람들. 홀에 입장한 지윤과 엄마의 몸 위로도 명화가 재생되고 있었다. 고흐의 「별이 빛나는 밤」 속 사이프러스가 검게 타오르며 흔들렸다. 샛노란 별무리가 지윤의 팔뚝 위에서 느릿느릿 회전했다. 하늘은 빠르게 굽이치며 커다란 소용돌이를 그려댔다. 평소 지윤은 그림에 무감했다. 지윤은 정지해 있는 것보다 움직이는 것을 더 좋아했고, 가장 좋아하는 것은 회전하는 물체였다. 세탁기와 팽이, 나사와 풍차. 그리고 오르골. 지윤은 회전을 통해 신과 대화를 나눌 수 있다고 여겼던 튀르키예 사람들의 세마 의식을 좋아했다. 수피댄스 동영상을 유튜브로 틀어두면 기쁨이 몸에 차오르곤 했다. 하얀 치마가 넓게 펼쳐지고 회전이 빨라지고 기도 소리가 울려 퍼졌다. 그들은 아는 것이다. 회전이 가진 우주적인 집중력을. 지윤은 모든 사람이 자신처럼 본능적으로 회전의 아름다움에 매혹돼 있다고 생각했다. 지구도, 해와 달도, 별들도 회전하므로. 그 아름다움을 모를

리 없다고 생각했다. 김연아의 트리플악셀도 회전하는 우주의 섭리를 아름답게 모사한 것이라고 지윤은 생각했다.

지윤은 고흐의 그림이 일으키는 회오리로 빨려들어 갔다. 회오리 속에 들어가보는 경험은 상상해본 적도 없었다. 엄마가 지윤에게 말을 걸었다.

"마음에 드는구나?"

"엄마는?"

지윤은 엄마의 얼굴을 쳐다보았다. 엄마는 활짝 웃고 있었다. 그래서 엄마도 좋아하고 있다고 여겼다. 엄마의 기침이 시작되고 나서야 지윤은 엄마가 몹시 추워한다는 것을 눈치챘다. 엄마가 추위 때문에 떨고 있고 온몸에 한기가 들었다는 것을. 이곳은 엄마가 있기에는 냉방이 너무 강했다. 엄마는 옅은 기침을 했다. 한번 시작된 기침은 멈추지 않았다.

전에 검사자는 말했다. 검사를 하는 동안 지윤에게서 웃음 외의 다른 미묘한 표정은 목격되지 않았다고. 지윤은 정곡을 찔린 것처럼 뜨끔했다. 웃음은 지윤이 오랫동안 연습해온 표정이었다. 지윤의 두 손을 꼭 붙잡고 엄마가 자꾸 채근했기 때문이었다.

"지윤아, 웃어야지."

지윤에게 웃음은 피아노의 영역이었다. 건반을 조금만

안 쳐도 손가락이 굳듯, 조금만 웃지 않고 지내도 웃음은 지윤을 떠나버렸다. 그러니까 웃음은 지윤이 쉬지 않고 의식하며 노력해온 증거 중 하나였다. 표정이 웃음밖에 없다는 검사자의 말은 지윤의 노력이 무언가를 간과하고 있었다는 지적처럼도 들렸다. 지윤은 검사자에게 질문했다. 처음 보는 낯선 검사자 앞에서 검사를 받는 상황에서 웃음 외에 어떤 표정을 지을 수 있겠냐고. 애도 아닌데 울 수는 없는 거 아니냐고. 검사자는 차분한 목소리로 말했다.

"사람들은 놀라면 눈썹을 위로 올리기도 해요. 두 눈을 동그랗게 뜨거나 손으로 입을 가리기도 하고요. 먼 과거를 생각할 때 눈을 가늘게 뜨기도 하고, 생각이 잘 나지 않을 때엔 미간을 찌푸리거나 눈을 끔벅거리기도 하죠. 입술을 내밀거나 코를 찡긋하거나 눈을 가볍게 흘기거나. 그리고 무슨 설명을 할 땐 손짓을 곁들이기도 하죠. 손을 가볍게 휘젓거나 손가락으로 가리키거나 어깨를 으쓱하기도 하고요. 지윤 씨는 저의 제스처에도 전혀 반응하지 않았어요."

검사자가 어떤 표정이나 제스처를 설명하는 것인지 지윤은 모르지 않았다. 검사를 받는 동안 검사자가 제스처를 취하는 것을 목격한 기억이 없었다. 알고 있었어도 알아볼 수 없었던 것이다. 지윤의 오랜 소외감이 조금 더 또렷해졌다. 자신만 빼고 모두에게 통용되고 있는 은밀한 언어가 따로 있는 것 같다는 막연한 느낌은 지윤의 착각이 아니었다.
 지윤은 엄마와 함께 전시장을 빠져나왔다. 따뜻한 곳에서 조금만 쉬면 나아질 것이라고 엄마는 말했다. 바깥은 폭염이었다. 실외는 견딜 수 없을 정도로 더웠고 실내는 지나치게 추웠다. 엄마의 집은 돌아가기에는 너무 멀었다. 지윤은 호텔로 가는 것을 선택했다. 히터의 온도조절기에 손을 대어 적정 온도를 마음대로 조절할 수 있는 곳은 지금으로서는 그곳뿐이었다. 방의 냉방을 끄고서 희고 따뜻한 이불을 덮고 누워 있는 게 제일 낫다고 판단됐다. 비치된 전기포트로 물을 끓여 따뜻한 차 한잔을 마실 수도 있었다. 하지만 엄마는 이불을 덮고서도 쉴 새 없이 기침을 했다. 괜찮다는 말과 기침 소리가 번갈아 엄마의 입술 바깥으로 삐져나왔다. 엄마의 이마를 짚어보니 열이 나고 있다는 게 확연히 느껴졌다.

 지윤은 서성이고 있다. 원을 그리며 빙글빙글 같은 자리를 맴돌고 있다. 애써 찾은 1층의 엘리베이터는 3층까지만 운행한다. 리빙관 6층을 찾아갔으나 푸드스테이지 6층이다. 처음에 갔던 약국으로 돌아가는 편이 나을 수도 있다 생각하지만, 돌아가는 데에 시간이 더 걸릴 것이다. 리빙관 6층에서 두 번째 약국을 발견했을 때, 약사는 없다. 잠시 화장실에 다녀오겠다거나 하는 쪽지도 붙어 있지 않다. 뒤쪽 진열대가 훤히 보여서 약상자들의 제품명이 눈에 들어온다. 화이투벤이 거기 있다. 약사가 나타나기만 하면 된다. 지윤은 핸드폰으로 약국 정보를 재차 확인한다. 영업 중. 지윤은 약국 앞을 빙글빙글 돌며 서성이기 시작한다. 이십 분이 지난다. 속이 탄다. 영업시간을 정확하게 기재하지 않는 약국이 원망스럽다. 일 분만 더 기다려보자 생각한다. 일 분만 더를 스무 번쯤 반복했으니까 열 번만 더 반복하자고 스스로를 달랜다. 이제 모퉁이에서 약사가 나타날 것만 같다. 아이고, 죄송합니다 하면서. 날이 더워 빙수를 먹었다가 배탈이 났지 뭡니까. 약사는 그렇게 말할 것만 같다. 약국 옆에는 빙수집이 있다. 돌아올 약사와의 대화를 상상하며 지윤은 혼잣말을 중얼거린다.

괜찮아요. 많이 안 기다렸어요.

삼십 분이 넘어간다. 엄마를 더는 혼자 둘 수 없다. 처음 갔던 약국으로 돌아간다. 지나온 길을 기억해내려 하지만 가는 길과 오는 길은 도무지 다른 길 같다. 약국에 도착했을 때 지윤은 새파랗게 질려 있다. 약사는 모드콜에스라는 종합감기약을 지윤에게 준다. 트리프롤리딘염산염수화물 대신 클로르페니라민말레산염이 들어갔다는 점을 제외하면 화이투벤과 모드콜에스의 주요 성분은 같다는 설명이 지윤의 마음을 많이 누그러뜨린다. 그래도 모드콜에스는 화이투벤이 아니다.

호텔방 문을 열었을 때 엄마는 침대 헤드에 비스듬히 기댄 채 텔레비전을 보고 있다. 엄마가 자주 보던 여행 프로그램이다.

"저것 좀 봐."

엄마는 기침을 하며 텔레비전을 가리킨다. 호텔 창문에는 암막 커튼이 쳐져 있다. 서울이 한눈에 내려다보이는 뷰를 가졌지만, 창문은 손바닥을 대기 어려울 정도로 뜨겁다. 엄마는 창밖이 아닌 텔레비전 속 풍경을 보고 있다. 지윤은 엄마에게 감기약을 먹인다. 짐을 챙기고 응급실을 알아보는 동안, 엄마의 기침 소리가 꽤 잦아들었다는 걸 알아챈다.

"잠깐 한기가 온 거라니까."

엄마는 이제 아무렇지도 않다고 한다. 그리고 이제 저녁을 먹으러 가자 한다. 아쿠아리움 방문과 전통차 체험은 취소되었지만, 호텔 레스토랑의 파인다이닝 예약이 남아 있다. 레스토랑도 냉방이 강할 것이다. 지윤은 챙겨놓았던 캐리어를 다시 연다. 옷가지들을 꺼내본다. 엄마의 옷은 얇은 것들뿐이다. 지윤의 것도 마찬가지다. 지윤의 캐리어에는 수영복 가방이 들어 있다. 혹시나 엄마와 함께 호텔 수영장을 이용할 수 있을까 싶어 챙겨 온 것이다. 온수풀 정도라면 엄마에게 괜찮을 것 같다는 생각에서였다. 래시가드 두 벌과 스포츠타월 두 장. 지윤은 티셔츠 두 장을 겹쳐 입은 엄마에게 긴팔 래시가드를 또 입힌다. 그 위에 리넨 블라우스와 감색 베스트를 또 입힌다. 엄마의 목에 스카프처럼 스포츠타월을 두른다. 잠옷 바지 위에 바지를 입히고 양말도 두 겹으로 신긴다. 두 개의 캐리어에 있던 모든 것들로 엄마를 무장시킨다. 금빛 베드 러너가 눈에 들어온다. 방에 들어오자마자 의자 위로 치워두었던 것이다. 지윤은 그것을 들고 엄마에게 다가간다. 지윤의 의도를 알아챈 엄마가 웃기 시작한다. 지윤도 웃는다. 끅끅거리는 소리를 내어 웃으면서 엄마는 기꺼이 그것을 숄처럼 두른다.

"불쌍 같네."

지윤은 레스토랑 입구에서 무릎담요 세 장을 집어든다. 직원은 안쪽 자리로 안내한다. 주방 창고 앞자리이다. 창고 앞에는 서빙 카트들이 줄지어 있다. 에어컨 바람이 직접적으로 닿지 않는 자리다. 지윤은 접시 위에 놓인 패브릭 냅킨을 펼쳐 자신의 무릎을 덮는다. 엄마는 핸드폰을 꺼내 패브릭 냅킨의 사진을 찍는다. 그것은 장미 모양으로 접혀 있다. 직원이 웰컴 드링크를 테이블에 내려놓는다. 시럽을 잔에 부어준다. 유리잔 속 액체의 색이 오로라처럼 바뀐다. 지윤과 엄마는 천천히 식사를 한다. 엄마는 음식보다 그릇에 더 관심을 보인다. 모든 그릇이 다른 디자인이라며, 그릇을 높이 들어 밑면을 일일이 확인한다. 지윤도 엄마를 따라 그릇 밑바닥을 확인한다. 너도 그릇 같은 것에 관심이 있느냐고 엄마가 물었고, 지윤은 그렇다고 거짓말을 한다. 엄마가 폴란드 그릇과 튀르키예 그릇의 차이에 대해 말해준다. 여행 프로그램에서 보았다고 한다. 엄마는 보리 리소토에 토핑된 배 무스의 맛이 아주 좋다고 한다. 익숙한 맛이라면서. 배 무스 덕분에 소화가 잘될 것이라고도 한다. 지윤은 제 앞에 있던 배 무스를 스푼으로 들어 올려 엄마의 접시에 옮겨놓는다. 엄마는 이 시간을 즐기고 있다. 요리가 차례대로 앞에 놓일 때마다 조금씩 반응이 다르고 점점 더 반색한다. 마주 앉은 지윤도 엄마를 지켜보며 안도감을 느낀다.

그 검사가 틀렸을 수도 있다. 모든 검사가 끝났을 때, 검사자는 지윤에게 지속적인 상담을 받아보라고 조언했다. 치료가 필요해서가 아니라 안전한 환경에서 전폭적인 이해를 받으며 소소한 대화를 나눠보는 경험은 반드시 도움이 된다고 했다. 지윤은 그 조언을 따랐다. 이전부터 상담을 받아왔던 상담사에게 검사 결과지를 보여주러 갔다.

"자폐 스펙트럼 장애는 약이 없어요. 약물치료가 불가능하다는 이야기지요. 지윤 씨의 경우는 장애 등록도 안 될

테고요."

 상담사는 말했다. 자폐 스펙트럼 장애에 대한 의학적 진단이 지윤에게 이로운 점은 없다고도 했다.

 "검사 결과는 잊어버리시고요. 굳이 주변에 알리지 마세요. 지금까지 살아온 대로 살면 돼요. 노력 많이 하셨잖아요. 남들과 비슷해 보이려고 어릴 때부터 해온 노력들이 아깝지 않나요."

 검사자와 달리, 상담사는 자폐 스펙트럼 장애 진단이 남용되는 것을 비판했다. 지윤의 경우, 그저 수줍음이 많아 사람의 눈을 쳐다보는 걸 어려워하는 것일 뿐이라 했다. 자폐 스펙트럼 장애가 아니라고 못 박았다. 말하는 것을 보아도 그렇다 했다.

 "어떤 점에서요?"

 지윤은 상담사에게 질문했다.

 "제 말의 어떤 점이 비자폐인의 특징인 건지 저로서는 잘 몰라서요."

 상담사가 대답했다.

 "친구나 가족에 대해 이야기할 때 타인의 감정에 대해 여러 번 언급하셨어요. 걔들은 타인의 감정을 못 느껴요. 관심도 없고요. 많이 봐서 알아요."

 지윤은 온몸이 굳어가는 것처럼 느껴졌다. 상담사의 부

드럽고 다정한 말투 속에서 '걔들'이라는 표현이 튀어나오는 순간, 지윤은 자신이 개구리 떼에 쫓기는 개처럼 느껴졌다. 오로지 도망치기에 급급했던 개의 몸짓이 떠올랐다. 자폐인이 타인의 감정을 못 느낀다는 판단도 마찬가지였다. 자폐인이 타인에게 관심이 없다고 요약하는 모습에서 이 상담사는 적어도 자폐인에게는 관심이 없다고 판단됐다. 잘 알지 못한다고. 자신의 무지에서 묻어나오는 미량의 악의가 어떤 식으로 지윤에게 가닿는지를 느끼지 못하고 있다고. 느껴져도 무시하고 있다고.

"제 검사자는 평생 자폐 스펙트럼 장애를 연구한 분이에요."

"저도 이 일을 이십오 년 넘게 했어요."

상담사가 임상심리전문가 자격증과 임상심리사 1급 자격증, 상담심리사 1급 자격증을 갖고 있다는 건 지윤도 알았다. 세 가지 자격증을 모두 가진 사람이 한국에 그닥 많지 않다는 사실도 알고 있었다.

"검사자가 공부를 미국에서 했다고 했나요?"

상담사가 물었다.

"영국이요."

"지윤 씨, 여기가 영국은 아니잖아요."

그는 진심으로 지윤을 돕고 싶어 했다. 지윤을 비자폐인으로 바라보는 것이 상담사에게는 지윤에 대한 선의였다. '걔들'이 아닌 '우리'의 카테고리에 넣어주는 것. 지윤은 기시감이 들었다. 언젠가 비슷한 대화를 나눈 적이 있었다. 칠 년 전쯤. 친구는 지윤에게 물었다. 너라면 우리처럼 남자를 만날 수 있지 않아? 친구는 안타까워하면서, 동시에 지윤에게 소속감을 주면서, 칭찬의 의미를 담아 그런 말을 했다.

자신에게 다시 검사를 받으라고 상담사는 제안했다. 에이도스 검사를 진행할 수 있는 자격증은 그에게 없지만, 풀배터리 검사를 진행해서 지윤의 증상을 크로스체크할 수 있다고 했다.

큰 위로가 되었고 감사하다는 생각이 들어요. 고맙습니다.

지윤은 검사자에게 보냈던 자신의 편지를 떠올렸다. 자폐 스펙트럼 장애라는 결과를 받아들고 지윤은 검사자에게 이메일을 보냈다. 지윤은 검사 결과지를 다 읽고 나서 용서를 받는 기분이었다. 매일같이 느껴왔던 고립감, 소중한 사람들에게 받았던 상처들, 소중해지기도 전에 관계에서 미리 제외돼버렸던 경험들. 타인의 마음을 충분히 이해할 수 없다는 것 때문에 남몰래 품어온 두려움들. 평생 동안 무겁게 등에 업고 살아온 죄책감이 등에서 내려와 지윤의 곁에 앉아 지윤을 바라보는 듯했다. 지윤은 비로소 등에 업힌 무거운 것의 얼굴을 바라볼 수 있었다. 그러나 메일에

다 적었던 안도감은 얼마 가지 않아 서서히 다른 형태로 변해갔다. 앞으로 지윤은 어떤 사람으로 타인들 앞에 있게 될까. 사람들은 이해한다는 듯 고개를 끄덕이고 지윤의 뒤에서 말할 것이다. 자폐래. 지윤은 늘 자신의 몸이 지나치게 커다랗다고 느껴왔다. 몸 안에 갇혀 있는 지윤은 탁구공처럼 자그마하고 바빴다. 걸음을 걸을 때도 다른 사람들처럼 걸으라고, 자그마한 지윤은 발끝에서부터 팔 끝까지 부산스레 돌아다니며 교정하고 감시하고 지시하고 격려했다. 시커먼 동굴 같은 자신의 몸속을 끝없이 헤매다녔다. 자신을 지키기 위해 소리치면 몸속 구석구석으로부터 메아리가 울려 퍼졌다. 지윤이 살면서 자주 느껴온 교감은 고작 그 메아리가 전부였다.

상담사의 재검사 제안이 지윤에겐 선택지가 있다는 것으로 해석됐다. 자폐 스펙트럼의 범주로 들어갈지, 범주를 거부할지. 내키는 대로 하면 되었다.

엄마와 함께 저녁을 먹는 이 순간, 지윤은 자신이 자폐 스펙트럼과 관련된 아무런 증상도 없다고 여긴다. 엄마의 마음을 충분히 잘 알아차리고, 잘 돌볼 수 있을 것 같다는 자신감이 든다. 화이투벤이 아니어도 괜찮았잖아. 자신이 화이투벤을 고집하지 않았다는 유연함에 안도한다. 그러나 디저트로 나온 소르베를 반쯤 비웠을 즈음, 엄마는 다시 기침을 시작한다.

지윤과 엄마는 방으로 돌아간다. 엄마의 이마에 손을 짚어본다. 감기약을 한 번 더 먹인다. 이번에는 약효가 빠르게 돌지 않는다. 무엇을 또 놓쳤을까. 역시 화이투벤을 사왔어야 했나. 엄마는 춥지 않았다고 한다. 긴장을 좀 해서 그렇다고 한다. 기침이 더 잦아지거나 열이 더 오르면 응급실에 가자고 한다. 이제는 좀 쉬어도 되겠냐고 엄마가 묻는다. 언제부터 쉬고 싶었던 것인지 물어보고 싶지만, 지윤은 잠자코 침대 위에 덮인 이불을 걷어준다. 엄마가 침대에 몸을 누일 때 지윤은 소등을 하며 엄마의 옆에 눕는다. 어둠 속에서 기침 소리가 들린다. 처음 폐암 진단에 대해 지윤에게 전했을 때, 엄마는 말했다.

"어렸을 때 엄마가 결핵을 오래 앓았잖아. 엄마 생각에는 그게 원인인 것 같아. 열 살 때였나, 한번은 집에 아무도 없고 혼자 방에 누워 있는데, 누워 있는 요가 공중으로 떠오르더라고. 천장이 점점 가까워졌다가 멀어지고, 또 가까워졌다가 멀어지고. 그때 그런 생각이 들었어. 요가 점점 더 높게 떠올라서 천장이 너무 가까워지면, 그래서 천장이 나를 짓누르면, 나는 죽는 걸까."

지윤은 천장을 올려다본다. 지윤은 지금 엄마가 보고 있을 천장이 궁금하다. 엄마가 혹시 지금 공중으로 떠오르고 있지는 않을까. 천장에 가까워지고 있지는 않을까. 이곳에 누워 있으면서 이곳저곳을 날아다니고 있지는 않을까. 식탁에 앉아 빵을 먹고 있는 남자를 지나 텔레비전을 켜둔 채 안락의자에 잠든 할머니 옆을 맴돌고 있는 건 아닐까. 연잎을 탄 개구리들이 지금 우리 주위를 둘러싸고 있을까. 우린 그걸 못 보고 있는 걸까. 혹시 엄마의 눈에만 보이는 건 아닐까. 엄마는 많이 두려울까. 어느 만큼일까. 지윤은 자신이 타인을 외롭게 만든다고 늘 생각했다. 지윤은 타인이 부지불식간에 표현해온 많은 메시지들을 자주 놓친다고 생각했다. 무얼 놓치는지에 마음이 쏠려서 누군가와 무언가를 하고 있어도 누구와 있는지 무엇을 하는지 늘 한 박자 늦게 실감했다.

  기침 소리가 들릴 때마다 옆에 있는 엄마를 안아주고 싶다는 생각이 들지만, 지윤은 그렇게 하지 않는다. 들키지 않고 싶어서다. 지윤이 혼자서 몰래 두려워하고 있는 것이 엄마에게도 지윤에게도 더 낫다. 지윤은 도어벨을 떠올린다. 언젠가 지윤은 엄마의 집 창고에서 그 종을 발견했다. 지윤이 여섯 살 무렵 살았던 집의 현관문에 달려 있던 것이었다. 너무 어렸고 또 금세 이사를 갔기 때문에 그때 살았던 집의 구조조차 기억하지 못했지만, 지윤은 그 종을 또렷하게 떠올릴 수 있다. 현관문을 열면 추의 역할을 하는 천사 모양의 바람판이 흔들렸고 종소리가 난다. 종소리가 멈춘 뒤에도 천사는 종 아래에서 계속 회전을 한다. 가끔은 아무도 문을 열지 않았는데 종이 저 혼자 울린다. 지윤은 그게 두렵기도 하고 좋기도 하다. 어렸을 때 지윤은 몇 시간이고 현관 앞에 쪼그리고 앉아 도어벨을 올려다보았다. 지윤의 배가 호흡에 따라 부풀고 꺼지고 천사도 미세하게 회전을 했다. 왼쪽으로, 오른쪽으로. 지윤은 종소리가 나지 않기를 바랐다. 동시에 종소리를 기다리는 마음이 되기도 했다. 이사를 간 뒤로 현관문의 도어벨은 자취를 감췄다. 버려졌으리라 지윤은 짐작했다.

"나 기억해."

어둠 속에서 지윤이 말한다.

"응?"

엄마가 지윤을 향해 돌아눕는다.

"도어벨."

"알아."

엄마가 지윤의 이마를 손바닥으로 쓸어내린다. 손바닥이 거칠고 뜨겁다. 축축하다. 지윤도 엄마를 향해 돌아눕는다. 어둠 속에서 엄마의 눈동자는 빛이 난다. 지윤은 엄마의 눈을 계속 바라보지 못한다.

"언제부터 알고 있었어?"

엄마의 안경 자국에 시선을 고정한 때 지윤이 묻는다.

"뭘?"

"그냥."

엄마는 잘 알고 있다. 지윤은 정보의 일부를 누락한 채 말하는 버릇이 있고, 그럼에도 유일하게 잘 알아듣는 사람은 엄마였다.

"엄마는 알지."

엄마의 입술이 서서히 닫히고 두 눈이 감긴다. 엄마가 잠이 들었나 싶을 때쯤에 엄마는 다시 말한다.

"그게, 꼭 내가 쓴 것 같았어."

엄마는 지윤의 손을 잡는다. 엄마가 중요한 얘기를 하려고 한다는 걸 지윤은 느낄 수 있다.

"안 그럴 거지?"

지윤은 엄마가 하얀 봉투에 넣어줬던 그 편지를 떠올린다. 두렵다고, 아무리 노력해도 도무지 네 마음을 모르겠다고 하소연하다, 사랑한다고 고백하고, 제발 그러지 말라고 애원했던 구질구질한 말들. 그것들은 엄마가 지윤에게 자주 했던 말이다. 매일 보는 애니메이션이 결방되었다거나 미용사가 앞머리를 예상보다 짧게 잘랐다거나 할 때 지윤은 세차게 울어댔다. 계획한 대로 흘러가지 않은 일, 의외의 사건들 앞에서 지윤은 늘 이해받지 못할 공포에 시달렸다. 그런 지윤을 보며 엄마는 어쩔 줄을 몰라 했다. 제발 그러지 마. 엄마는 거의 절규를 했다. 지윤은 그때 텅 빈 얼굴로 울음을 멈추었다. 자라면서 지윤은 다른 방법을 체득했다. 화장실에 들어가 오래 있었다. 화장실로 향하는 지윤을 엄마는 붙잡곤 했다. 다신 안 그럴 거지? 지윤의 손을 꼭 잡고 엄마는 다짐을 받아내려 애쓰곤 했다. 그때 지윤에게 화장실은 억지로 떼어내야 했던 감정들을 넣어두고 돌아서는 장소였다. 엄마에게는 창고가 마치 지윤이 화장실에 두고 온 것들을 따로 챙겨둔 공간 같았다. 창고에서 지윤이 발견한 도어벨이 그랬다. 지윤이 기억하던 것보다 천사는 훨씬 작았고 종은 부식되어 푸르스름하게 변해 있었다. 엄마는 지윤에게 언젠가는 다시 질문해보고 싶어서 그 도어벨을 보관해둔 것 같았다. 도어벨을 들고 엄마에게 갔을 때, 엄마는 지윤에게 물었다.

"너, 이거 기억해?"

왜 이 도어벨을 그토록 오래 보고 있었느냐고. 도대체 왜 그랬냐고. 이해할 수 없다고. 이제 엄마는 지윤에게 그런 말을 쏟아내지 않는다. 지윤에게 언젠가부터 설명을 요구하지 않는다. 그때의 지윤은 엄마가 이해할 수 있도록 더 정확하게 설명해보고 싶었다. 엄마가 고개를 끄덕일 때까지. 그래서 그랬구나 하고 지윤을 안아줄 때까지. 하지만 지윤은 할 말이 없었다. 그저 지윤은 그때 도어벨을 봐야 했다. 계속 봐야 했다. 그게 다였다. 다른 일들도 그런 식이었다. 설명해야만 하는 구실이 있는, 의도나 목적은 없었다. 엄마는 지윤의 대답을 기다리다가, 그게 창고에 여태 있었구나, 하는 혼잣말로 대화를 끝냈다. 엄마의 집 창고에는 그런 물건이 많았다. 사용하지 않는 녹즙기와 약탕기, 거의 골동품이 되다시피 한 유아차와 접이식 아기 욕조, 죽은 강아지의 장난감 같은 것들. 지윤이 보낸 택배 상자들도 엄마의 집 창고 한곳에 고이 모여 있었다. 이사를 할 때마다 지윤이 엄마의 집으로 보낸 커다란 상자들. 대학의 로고가 새겨져 있는 점퍼와 친구가 여행을 다녀오며 선물로 사 온 기념품, 곁에 둘 필요는 없는 책들과 괜히 모아둔 잡지들. 버리기는 아깝지만 갖고 있기에는 둘 데 없는 물건들. 엄마가 하얀 봉투에 넣어준 그 편지 역시 그 물건들 사이에 파묻혀 있었을 것이다. 어둠 속에서 조금씩 삭아가는 그 물건들을 하나하나 떠올리자 지윤은 창고의 선반 귀퉁이에 누운 듯하다.

지윤은 오래 연습해서 가장 익숙한 표정 하나를 꺼낸다. 입꼬리를 올리고 치아를 드러내며 엄마에게 미소를 보인다.

"우리 지윤이는 웃는 표정이 참 이쁘다."

엄마는 알 수 없는 표정을 또 짓고 있다. 앞으로도 지윤은 엄마의 표정에서 무언가를 놓칠 것이다. 지윤은 알고 싶다는 마음이 짙어질수록 모르는 것들로 휩싸인다. 지윤은 희고 바스락거리는 이불을 엄마의 어깨 위로 끌어당겨준다. 모르는 것들을 이불처럼 덮고서 지윤은 엄마의 기침 소리를 듣고 있다. 조금씩 잦아드는 소리. 미세하게 들썩이는 엄마의 몸은 이 기침에 익숙해져 있는 듯하다. 내일 조식 뷔페는 어떻게 한담. 금빛 베드 러너를 우스꽝스럽게 두르고 또 방을 나서서 사람들이 북적이는 곳에 가야 할 필요는 없다. 룸서비스를 이용해야겠다고 생각해둔다. 엄마에게 아침을 먹이고, 렉라자 세 알을 먹이고, 그리고 집으로 돌아가야지. 지윤은 미리 다짐한다. 먼 길을 운전하며 엄마의 집으로 갈 때 아무리 더워도 에어컨을 아주 약하게 틀거나 틀지 않아야 한다고. 그걸 잊으면 안 된다고. 내일 저녁에는 엄마의 집 거실 소파에 나란히 앉아 텔레비전을 볼 것이다. 엄마는 여행 프로그램을 틀어놓을 것이다. 엄마가 결코 직접 갈 리 없는 곳들을 함께 바라볼 것이다. ■

---

* 소설 속 그림책은 데이비드 위즈너의 『이상한 화요일』(비룡소, 2002)이며, 묘사된 전시는 「베르메르부터 반 고흐까지: 네덜란드 거장들」(2024.5.~2025.4. 빛의 시어터)의 일부이다.

수상후보작

관종들
김혜진

사과
박솔뫼

상어
서장원

일일야성―日野性
이미상

우리가 우리에게 죄지은 자를
임 현

김혜진

관종들

ⓒ이해수

1983년 대구 출생. 2012년 『동아일보』 등단.
소설집 『어비』 『너라는 생활』 『축복을 비는 마음』,
장편소설 『중앙역』 『딸에 대하여』 『9번의 일』 『경청』 『오직 그녀의 것』,
중편소설 『불과 나의 자서전』, 짧은 소설 『완벽한 케이크의 맛』 등.
〈중앙장편문학상〉〈신동엽문학상〉〈젊은작가상〉〈김유정문학상〉 등 수상.

관종들

 정해는 남편 영기에게 가져다줄 전복죽을 포장해 오는 길에 그 애를 봤다.
 추운 날이었다. 한겨울은 아니지만 제법 겨울이라고 할 만한 공기가 아파트 단지 내의 풍경을 빠르게 바꿔놓는 중이었다. 대여섯 살쯤 되었을까 싶은 남자아이는 여름내 노인들이 점거하다시피 애용하던 팔각 정자에 누군가 두고 간 인형처럼 얌전히 앉아 있었다. 찌그러진 음료 캔, 지저분한 돗자리, 마른 낙엽 같은 것들과 나란히 놓인 아이의 모습이 이상한 방식으로 시선을 끌었다. 그건 날씨에 비해 얇은 옷차림 탓인지도, 어쩐지 울적해 보이는 표정 탓인지도 몰랐다. 아니, 그건 정해의 성격 탓이 컸다. 그녀는 그런 사람을, 상황을 그냥 지나치지 못했다.

그러지 말아야 한다고 생각하면서도 정해는 아이에게 다가갔고 경쾌한 목소리로 말을 걸었다.

안녕. 뭐 하니, 여기서?

아이의 자그마한 코가 빨갰다.

동생 기다려요.

동생이 어디 있는데?

집에요.

집에? 그럼 집에 있지, 왜 나와서 기다리니?

그 순간, 아이의 표정이 미묘하게 바뀌는 것을 그녀는 알아보았다. 아이는 대답하지 않았다. 말을 단속하듯 다른 쪽으로 시선을 돌리는 아이의 얼굴에 망설이는 기색이 어렸다. 그건 그녀의 착각일지도 몰랐다. 완강하게 입을 다문 아이를 간신히 관리사무소에 데려다주고 집으로 돌아왔을 때, 전복죽은 차갑게 식어 있었다. 정해는 냄비에 죽을 데우며 (남편 영기는 전자레인지로 음식을 데우는 것을 극도로 싫어했다) 그 아이 생각을 계속했다. 그래서 하마터면 냄비를 태울 뻔했다.

애가 혼자 정자에 있었다고? 이 날씨에?

며칠 전, 대장의 일부를 절제하는 수술을 받은 영기는 숟가락으로 죽을 맥없이 휘젓고 있다가 고개를 들었다. 평생 설비업자로 일한 그는 능력에 비해 늘 아쉬운 대우를 받았지만 불평하는 법이 없었다. 정해는 바로 그 점(소박함이라고 해야 할지, 아둔함이라고 해야 할지 알 수 없는)이 그의 삶을 고만고만하게 만들었다고, 더 높이 도약하지 못하게 만들었다고 여겼지만 입 밖으로 꺼낸 적은 없었다. 뭔가를 수리하고 복구하고 바로잡는 것에서 그가 큰 희열을 느낀다는 걸 알았으니까. 함께 살기 위해서는 그가 그런 사람임을 인정할 수밖에 없었으니까. 맞다. 그에겐 뭐든 고칠 수 있다는 자신 같은 게 있었다. 그러나 죽 한 그릇을 앞에 두고 앉은 그에게선 이제 그런 기색을 찾아볼 수 없었다. 정해는 그가 잃어가고 있는 것이 다만 자신감 하나뿐인지 알 수 없었다.

그렇다니까.

그렇게 대답하며 정해는 베란다 쪽으로 고개를 돌렸다. 날은 저물어 있었다. 정해는 아이가 입고 있던 얇은 바지와 바지 아래로 드러난 발목, 구멍이 숭숭 뚫린 슬리퍼 같은 것들을 떠올렸고 미안함을 느꼈다. 아이를 떠넘기듯 관리사무소에 맡기고 돌아올 게 아니었다는 생각이, 뭔가 더 적극적으로 행동했어야 한다는 후회가 들어서였다.

관리사무소에 연락해봐. 누가 와서 애를 데려갔는지.

영기가 재촉했고 정해가 고개를 끄덕였다. 그럼에도 곧

바로 연락하지는 못했다. 아까 본 사무소 직원들의 냉랭한 태도 때문이었다. 그들 부부가 관리사무소 직원들과 껄끄러운 관계가 된 건 이미 여러 해 전이었으나 정해는 그 사실이 여전히 불편했다. 그럼에도 한 시간 뒤에 전화를 걸었고, 아이가 무사히 귀가했다는 답변을 들었다. 무사히? 어떻게? 누군가 아이를 데리러 왔는지, 그 사람이 가족이 맞는지, 아이가 집에 들어가는 걸 직접 봤는지 묻진 못했다. 그러면 다시금 유별나다거나 유난하다는 반응이 되돌아올 테니까.

애는 어떻게 됐어? 잘 들어갔대? 확실히 물어봤어? 제대로 확인했대?

잘 해결되었다는 답을 듣고서도 영기는 같은 질문을 반복했다. 정해는 말없이 고개를 끄덕이다 자리를 피해버렸다. 그와 말을 섞으며 혹시 일어날지도 모르는 어떤 문제들을 줄 세우다 보면 이 일을 관리소 직원과 통화하는 것으로 마무리 지을 수 없다는 것을 알기 때문이었다. 그들은 불안을 나누는 데 익숙했다. 가정과 상상 속에서 상황을 비관적으로 몰아가는 데 능숙했다. 맞다. 그들 부부는 작은 문제를 크게 키우는 데 일가견이 있었다. 그건 정해의 언니, 정미가 한 말이었는데 일종의 질책이라 여겼던 그 말을 정해는 더디게 수긍해 나가고 있는 중이었다.

그들은 요주의 인물이었다.

3년 전, 두 사람은 이천 세대가 넘는 이 낡은 아파트 단지로 이사 왔다. 그 해에 딸이 음주 운전으로 교통사고를 냈고, 이웃 하나가 그들 부부를 명예훼손으로 고소하는 일이 있었다. 돌이킬 수 없을 정도로 절망적인 상황은 아니었으나 문제를 해결하는 과정에 큰 비용이 들었고, 아슬아슬하게 유지되던 가계가 폭삭 주저앉았다. 그래서 눈발이 흩날리는 추운 날에 감행해야 했던 그 이사는 정해에게 아픈 기억으로 남아 있었다.

앞으론 우리만 생각하면서 살자고. 다른 사람들 신경 쓸 거 없이.

이삿짐센터 직원들이 돌아가고, 어수선한 집 안에 남겨졌을 때 영기가 그렇게 말했다. 피곤한 탓인지 목소리가 쉬어 있었다. 후회인지, 반성인지, 결심인지 모를 그 말의 의미를 정해는 바로 이해했다. 돌이켜보면 몰랐으면 좋았을 일들이, 모른 척 넘겼다면 좋았을 일들이 그들 부부에겐 많았다. 그런 일들에 간섭하고 참견하면서 잃은 것들이 너무 많았다. 말하자면 두 사람은 그동안 자신이 잃은 것들을 냉정하게, 뼈아프게 셈할 수 있게 된 거였다.

그래야지.

정해는 망설임 없이 답했다.

그러나 두 사람은 그 말을 지키지 못했다. 잊은 건 아니었다. 다만 그 말을 지키기에는, 자신들의 삶만 신경 쓰고 살기에는, 모른 척할 수 없는 일들이 도처에 널려 있었다. 그들은 문제를 제기했고, 시시비비를 따졌고, 목소리를 높이며 주변 사람들의 이목을 끌었다. 그래서 이전 동네에서처럼 이곳에서도 요주의 인물이 되고 말았다.

다음 날, 정해는 아파트 후문이 아니라 정문을 통과해 비즈 공방에 출근했다. 그 아이가 앉아 있던 팔각 정자를 지나치지 않기 위해서였다. 그녀는 그 아이로 인해 생겨난 작은 불씨가 저절로 사그라지길 바랐다. 그녀가 관심을 기울이지 않는다면, 불씨를 키우지 않는다면 그것은 소멸할 것이었다.

그녀는 상가 건물 안으로 들어섰고, 온갖 물품과 잡동사니로 이제 거의 정리가 불가능해진 1평 남짓한 점포 문을 열었다. 지난밤, 대충 덮어놓은 비닐과 천을 걷어내고, 공중에 매달아 놓은 LED 전구를 켰다. 마트에 온 손님들이 이따금 기웃거리는 그녀의 점포는 인기가 있는 편은 아니었지만, 그녀는 매일 뭔가를 만들었다. 쇠락해가는 건물 안에서 매일 존재감이 옅어지는 자신의 점포를 유지할 방법이 그것밖에 없어서는 아니었다.

정해는 뭔가를 만드는 것이 좋았다. 이전에 없던 걸 만

들어내는 과정은 수월하지 않았지만 순수한 기쁨을 주었다. 그건 자신과 아직 완성되지 않은 창작품 사이에 존재하는, 그러므로 그녀가 독점적으로 향유하는 어떤 것이었다. 크기와 색깔이 다른 비즈들을 알맞게 배치할 때, 작디작은 비즈를 나일론 실에 꿸 때 정해는 도대체 누가 사갈까 싶은 철 지난 공예품을 만드는 사람이 아니라, 세상에 아직 없는 어떤 근사한 것을 창조하는 사람이 될 수 있었다.

언니, 고구마 맛볼래?

그녀가 작은 원형 테이블에 앉아 작업을 시작하려고 할 때, 옆 점포의 경아가 들어왔다. 곰돌이 캐릭터가 그려진 데님 앞치마를 메고서였다.

뭐야, 못 보던 거네? 새로 만든 거야?

그녀가 앞치마를 보며 물었고 경아가 답했다.

어제 한번 만들어봤어. 색깔이 좀 탁하지?

아니야. 색감이 고상하고 예뻐. 좋아.

진짜? 사람들이 좀 사 가려나?

경아가 신이 난 듯 제자리에서 한 바퀴 돌았고, 그 바람에 주변에 높이 쌓인 비즈 상자들이 쓰러질 듯 휘청거렸다.

두 사람은 비좁은 테이블에 마주 앉아 고구마를 먹으며 담소를 나누었다. 도무지 걷힐 기미가 없는 불황의 그림자, 그 속에서 분투하는 서로에 대한 격려, 나날이 터무니없이 느껴지는 오늘치 목표 매상에 이르기까지. 특별한 건 없었다. 그건 두 사람이 거의 날마다 입에 올리는 화제였고, 시시하게 끝날 게 뻔한 하루를 시작하는 준비운동 같은 거였다.

어제 뉴스 때문에 그런가. 기분이 계속 처지네. 언니도 봤지? 집에서 맨발로 도망 나왔다는 애. 아무리 그래도 그렇지, 애를 어떻게 그렇게까지 굶겼을까. 진짜 요지경 세상이야.

그리고 경아가 자리에서 일어나며 그렇게 말했을 때, 느슨해졌던 마음이 팽팽해졌다.

뉴스? 그런 뉴스가 있었어? 누가 애를 굶겼대?

누구겠어. 부모겠지.

부모가 애를 굶겼다고?

대답은 듣지 못했다. 손님이 들어온 것을 보고 경아가 재빨리 자기 점포로 돌아갔기 때문이었다. 정해는 간식으로 챙겨온 삶은 계란을 우물거리며 기사를 찾아보았고, 기사 아래 달린 댓글을 하나씩 읽었다. 믹스커피를 홀짝거리며 영상 속 아이의 모습을 골똘히 살폈고, 어디까지가 사실인지 모를 소문들을 찾아보기도 했다. 그래서 퇴근 무렵에는 그 정자에 다시 가보지 않고는 견딜 수 없는 상태가 되었다.

다행히 아이는 없었다.

정해는 혹시나 하는 마음에 정자 주변을 크게 한 바퀴

돌았다. 어쩌면 아이가 오가는 사람들의 눈을 피해 어딘가에 숨어 있을지도 모른다는 생각이 들었고, 그것이 고약한 보호자의 비밀스러운 지시가 아닐까 하는 의문이 피어올랐다. 그녀는 나무 기둥에 부착된, 너덜거리는 경고문(빨간색 매직으로 비둘기에게 먹이를 주지 말라는 글씨가 살벌하게 적혀 있었다)을 제대로 붙이고, 쓰레기를 태운 흔적 같은 것들을 발로 헤집어보았다. 머릿속에서 마구잡이로 떠오르는 불길한 추측을 떨치기 위해서였다.

다음 날도, 그다음 날도 아이는 그곳에 없었다.

정해가 아이를 다시 본 건 몇 주 뒤, 그녀의 머릿속에서 아이의 존재가 흐릿해져 갈 무렵이었다. 토요일 오후, 복도에 내놓은 불법 적치물 문제로 703호 남자와 언쟁을 벌인 뒤, 그녀가 작정하고 관리사무소로 걸어가고 있을 때 멀리 그 아이의 뒷모습이 눈에 들어왔다. 이번엔 누군가와 함께였다. 다가가자 남자아이보다 네댓 살 많아 보이는 여자아이가 그녀를 빤히 쳐다보았다.

안녕, 뭐 하고 있니, 여기서?

그녀가 묻고 여자아이가 되물었다.

그건 왜 물어보는데요?

날이 춥잖니, 감기 걸리겠다.

그렇게 말하며 그녀는 아이들의 차림새를 훑었다. 아이

들이 입은 점퍼는 소매가 짧아 팔목을 다 가리지 못했고, 구멍이 숭숭 뚫린 투박한 슬리퍼도 바람을 막기엔 역부족으로 보였다. 그녀의 시선이 며칠 감지 않은 듯한 아이들의 기름진 머리칼을, 길게 자라난 아이들의 손톱을, 어딘가 주눅이 들어 있는 것 같은 아이들의 표정을 조심스레 오갔다.

우린 안 추운데요.

여자아이가 새침하게 대꾸했고 남자아이가 그 말을 따라 했다.

안 추운데요. 우리는!

정해는 아이들 곁에 자리를 잡았다. 그러면서 703호 남자를 잠깐 떠올렸다. 복도에 내놓은 잡동사니를 치워달라고 벌써 몇 달째 요청하는데도 남자는 요지부동이었다. 처음엔 형식적으로라도 미안한 기색을 내비치는가 싶더니 어느 순간부터는 뭐가 문제냐는 식으로 나왔다. 바로 옆집도 아니고, 복도 맨끝 집에 사는 당신이 도대체 무슨 상관이냐는 거였다. 그녀는 공손한 태도로 복도가 공용 공간이라는 점을 강조했고 아파트 법령을 입에 올렸다. 화재가 났을 경우, 이런 적치물들이 얼마나 위험한지에 대해 설명할 땐 어떤 비극적인 상황들이 눈앞에 펼쳐져서 잠깐씩 말을 멈춰야 했다. 남자의 언성이 커졌고, 705호 신혼부부가 밖으로 나왔다. 엘리베이터를 기다리던 사람들이 그녀와 남자를 흘끔거렸고, 결국 경비원이 올라왔다.

709호 분, 그만하시죠. 그 정도 하셨으면 됐어요.

경비원이 그녀를 향해 말했다. 흡사 호통이라도 치는 목소리였고, 성가시다는 기색이 고스란히 드러났다. 그 말은 703호 남자가 들어야 하는 말이었다. 자신이 아니라. 그 순간, 그녀는 목소리를 낮추려는 노력을 그만두었다. 703호 남자와 경비원, 705호 신혼부부까지. 정해는 다섯 명을 상대로 도돌이표 같은 대화를 이어 가다 관리사무소에 정식으로 항의하겠다는 말을, 이번에는 기필코 이 문제를 해결하겠다는 말을 선전포고처럼 남기고 나온 길이었다. 그러나 자신만만함은 잦아들고 다시금 미심쩍은 마음이 올라오고 있었다.

자신이 유별난 게 아닐까 하는 생각. 문제는 바로 자신이 아닐까 하는 생각.

이런 일은 그녀에게도 쉽지 않았다. 좋아서 하는 일도 아니었다. 주변 사람들과 얼굴을 붉혀야 하는 데다 그 과정에서 비롯된 얼마간의 죄책감과 자기 불신을 감당해야 하는 일이기도 했다. 그녀는 지금 자신이 하려는 이 일, 누구도 관심을 갖지 않는 이 적치물을 철거하고 말고 하는 데에 시간과 에너지를 쏟는 게 과연 그만한 가치가 있을까 하는 생각을 했다. 자신을 위한 것이 아니고 남들도 반기지 않는 이런 일을 이젠 진짜 그만해야 하지 않을까 하는 생각도 했다.

이름이 뭐니?

그녀는 아이들을 돌아보며 물었다.

서민지, 서민우? 예쁜 이름이구나. 누가 지어준 거야?

그러나 질문을 이어가는 동안 정해는 이런 일들이 누군가는 반드시 해야 하는 일임을 상기했다. 그럼에도 불구하고 누군가는 해야 하고, 할 수밖에 없다고 스스로를 다잡을 수 있었다.

점심은 먹었어? 누구 기다리니? 관리사무소에 가서 기다릴까? 여긴 좀 추운데.

아니요. 거긴 안 가요.

대답은 주로 여자아이 민지가 했고, 남자아이 민우는 졸린 듯 눈을 비비며 말이 없었다. 잠시 말이 끊어졌을 때, 민우가 잠꼬대하듯 물었다.

아줌마, 근데 지금 몇 시예요?

2시 20분. 왜 이제 가려고?

아뇨. 아빠가 올 거예요. 좀 이따가.

그래? 아빠를 기다리는구나. 아빠가 어디서 오시는데?

집에서요.

진짜였다. 잠시 뒤 추리닝 차림의 남자가 자전거를 끌고 나타났다. 그는 멀찌감치 서서 아이들에게 손짓했고, 아이들이 자리에서 일어났다. 그러니까 아이들이 반가운 기색을 보였더라면, 아빠라고 소리치며 뛰쳐나갔더라면 정해는 그 남자에게 다가갈 생각은 하지 않았을 거였다.

안녕하세요.

정해는 어쩐지 주저하며 걷는 아이들을 뒤따라갔고 남자에게 말을 걸었다.

아, 예.

남자가 건성으로 답했고 확인하듯 아이들을 번갈아 보았다. 누워 있다가 나온 듯 뒷머리가 납작하게 눌려 있었다.

애들이 아빠를 얌전히 기다리는 게 기특해요. 애들이 귀한 시대인데 둘씩이나. 키울 때야 고생스러워도 다 키워놓고 나면 든든하죠. 나도 딸이 하나 있는데 언제 이런 시절이 있었나 싶어요.

남자가 고개를 까딱하고 자리를 뜨려고 했으므로 정해는 다급해졌다.

참, 내 정신 좀 봐. 이거 내가 직접 만든 건데 애들 하나씩 줘도 되죠? 대단한 건 아니고 애들이 귀여워서. 내가 공방을 하거든요.

정해는 가방을 뒤적였고, 샘플용으로 가지고 다니던 팔찌 몇 개를 꺼냈다.

아니요, 됐습니다. 괜찮아요.

남자는 그렇게 대꾸했지만 정해가 막상 민우의 손목에 팔찌를 끼워주는 걸 보고서는 하는 수 없다는 듯 그 자리에 멈춰 섰다. 정해는 아이들에게 어울릴 만한 팔찌를 골라주는 척 시간을 끌었고 계속 말했다. 질문이기도 하고 혼잣말이기도 한 말들. 대답을 들을 수도, 듣지 못할 수도 있는 말들. 소득이 아주 없지는 않았다.

그날 밤, 잠들기 전에 정해는 그 일을 영기에게 털어놓았다.

오늘 그 꼬마 애 봤어. 누나랑 같이 있대. 정자에서. 우리 바로 뒷동에 사는 것 같아. 애 아빠가 데리러 왔더라고.

멀리서 휘파람 소리 같은 자동차 경적이 높이 솟아올랐다가 가라앉았다.

날도 추운데 왜 애들을 자꾸 거기 둔대. 한번 물어보지 그랬어. 정신 나간 놈.

그건 못 물어봤어. 다음에 만나면 물어볼까? 집에서 나온 차림이던데. 왜 거기서 아빠를 기다리고 있을까? 집에서 기다려도 될 텐데. 그 애들 말이야. 이상하지?

이상하고말고.

잠시 말이 끊어졌고 어디선가 물 떨어지는 소리가 났다. 몸을 일으킨 건 영기였다. 그가 싱크대 수전을 잠그고 돌아와 다시 자리에 누웠다. 사락거리는 이불 소리가 그치고 다시금 주변이 고요해졌다. 정해가 말했다.

하긴 사정이 있는지도 모르지.

무슨 사정?

모르지. 다들 사정이 있잖아. 우리도 그랬고.

그 말을 하면서 정해는 호경을 생각했다. 하나뿐인 딸. 성장하는 동안 자신에게 이런저런 실망과 아픔을 주었지만 술에 취해 인생을 허비하듯 살게 될 거라고는 생각지 못했던 자식. 영기와 옥신각신하면서 마침내 딸의 이름을 정했을 때, 수많은 글자 중 클 호(浩)와 볕 경(景)이라는 글자를 골랐을 때, 그녀가 상상한 딸의 미래는 이런 것이 아니었다. 그녀는 그 이름이 딸에게 버거웠던 게 아닐까 생각하곤 했다. 그 애는 그 이름에 담긴 부모의 염치없는 기대를, 뻔뻔스러운 욕심을 본능적으로 알아차렸던 게 아닐까 하고. 그런 의문은 딱 한순간의 방심으로 딸의 삶을 망친 게 바로 자신이라는 죄책감으로 돌변해 그녀를 짓누를 때가 많았다.

사정은 무슨. 그래서 호미로 막을 일을 가래로도 못 막는 거야. 무슨 일이 있나 한번 살펴주는 게 뭐가 어려워서. 1, 2분도 안 걸리는 일을.

영기는 거기까지 말하고 입을 닫았다. 그러곤 저쪽으로

돌아누웠다. 정해는 그가 딸을 떠올리고 있음을 알았다. 아니, 고작 열 살이던 호경이 버스 차고지 주변을 기웃거릴 때, 버스 광고판에 붙은 캐릭터에 정신이 팔려 있을 때 그곳에 있었던 (혹은 지나쳤던) 이름도, 얼굴도 모르는 사람들을 원망하고 있음을 알았다. 누군가 그 애에게 관심을 가졌더라면, 조심하라고 일러주는 사람이 하나라도 있었더라면. 호경은 버스에 치이는 사고를 피할 수 있었을 것이고, 왼쪽 다리를 절게 되지 않았을 것이고, 자신을 제대로 돌보지 못한 부모에게 복수하듯 일 년에 겨우 한두 번 얼굴을 보여주는 것조차 못마땅하게 여기진 않았을 것이고. 말하자면 그녀는 그가 그런 말들을 가만히 억누르고 있음을 알았다. 그런 건 그냥 알게 되는 거였다.

그러게. 어려운 일도 아니지.

정해는 그렇게 대꾸했고, 어둠 속 영기의 뒷모습을 바라보다가 눈을 감았다. 규칙적인 숨소리가 오갔지만 두 사람 모두 서로가 깨어 있다는 걸 느낄 수 있었다. 어쩌면 그들은 그런 식으로 대화를 나누고 있는 건지도 몰랐다. 캄캄한 적막 속에서 차마 소리 내어 말할 수 없는 말들을 하고, 듣고, 나누고, 새기고, 복기하면서.

그래서 세 번째로 그 애들, 민지와 민우를 만났을 때 정해가 경찰을 부른 건 충동적인 선택이 아니었다. 그 사이

날은 더 차가워져 있었다. 땅거미가 지는 오후, 아이들은 정자 앞에 쪼그리고 앉아 돌멩이를 만지작거리고 있었는데 이전보다 상태가 나빴다.

안녕, 또 만났네?

정해가 인사했고 아이들이 제자리에서 벌떡 일어났다. 추위 탓인지 둘 다 얼굴색이 하얗게 질려 있었다. 그녀는 돼지고기와 양파, 호박과 버섯 등이 담긴 묵직한 장바구니를 내려놓고 정자 한쪽에 걸터앉았다. 그러곤 바람떡 한 팩을 꺼냈고 보란 듯 떡 하나를 집어 먹었다. 떨이로 싸게 구입한 것이었고 영기가 좋아하는 간식이었다.

하나 먹어볼래?

그녀가 묻고 민지가 물었다.

먹어도 돼요?

그럼. 꼭꼭 씹어 먹어. 마실 게 없으니까.

아이들은 뭘 얼마나 만졌는지 알 수 없는 손으로 떡을 집었고 바로 입으로 가져갔다. 그녀는 떡 한 팩을 무섭게 먹어치우는 아이들을 보는 데에 정신이 팔렸다. 그래서 민우의 팔목에 난 상처를 바로 알아보지 못했다. 엄마와 동생을 기다리고 있다는 민우의 말이 끝나고, 일하러 간 아빠가 일요일에 온다는 민지의 설명이 이어지고, 다시 민우가 무슨 말을 하려고 만세 하듯 두 손을 번쩍 치켜들었을 때, 어딘가에 긁힌 것 같은, 데인 것 같은 붉은 상처가 그녀의 눈에 들어왔다.

팔목에 그거 뭐니? 다쳤어?

그녀가 물었고 민우가 답했다.

네.

어쩌다가? 병원엔 다녀온 거야?

몰라요. 그냥 보니까 이렇게 됐어요.

어디 보자.

민우의 가느다란 손목을 쥔 순간, 그녀는 생각했다. 이 애들을 이대로 그냥 둘 순 없겠다고. 그건 캄캄한 적막 속에서 영기의 뒷모습을 지켜보던 그 밤에 가만히 다짐한 것이기도 했다. 그녀는 112에 전화를 걸었고 두 명의 경찰이 왔다. 아이들의 엄마로 보이는 사람이 유아차를 끌고 나타난 것도 그즈음이었다. 차양 막 탓에 유아차 안 아기의 모습은 보이지 않았다.

무슨 일이에요?

여자가 느릿느릿 유아차를 밀며 다가왔고 그보다 느린 말투로 물었다. 잠에 취한 듯 나른한 목소리였다. 통통한 체구 탓에 슬리퍼를 신은 여자의 발이 유난히 작아 보였다.

이 애들 보호자세요?

경찰 한 사람이 묻고 여자가 답했다.

네, 제가 엄마예요.

날이 추운데, 애들이 길에 있다는 신고가 들어왔어요.

네? 애들은 길에 있으면 안 되는 건가요?

정해는 몇 걸음 떨어진 곳에서 그들의 대화를 지켜보았다. 여자가 신고자의 정체를 따져 묻는다면, 아이들이 곤란해지는 상황이 온다면 기꺼이 나서겠다고 생각하면서. 그동안 자신이 목격한 아이들의 모습이 얼마나 위태로웠는지 털어놓겠다고 다짐하면서. 그러나 그런 일은 일어나지 않았다. 뭔가 제대로 조사를 할 줄 알았던 경찰은 그 아이들을, 어쩐지 미덥지 않아 보이는 엄마와 함께 그냥 보내버렸다.

이래도 되는 건가요?

멀어지는 네 사람을 보며 정해가 물었는데 경찰 둘은 뭐가 문제냐는 듯 정해를 바라보았다.

따로 조사를 해야 하는 거 아니에요?

그렇게 되묻고 나서야 경찰 중 하나가 대수롭지 않게 답했다.

조사할 만한 사안은 아니어서 귀가 조처했어요. 별일 없을 겁니다.

어느새 아이들의 모습은 보이지 않았다. 경찰들이 돌아가고 날이 완전히 저물 때까지 정해는 그곳에 남았다. 누군가는 이 짧은 소동에 관심을 보일 거라고 생각하면서, 경찰이 되돌아올지도 모른다고 생각하면서. 그런 일은 일어나지 않았다. 그것이 그녀의 불안을 부추겼다.

이튿날, 정해는 인근 지구대를 찾았다.

일요일 오후, 영기와 함께였다. 두 사람은 폭행 시비가 붙은 한 무리의 대학생들이 나갈 때까지 기다렸다가 형광 조끼를 입은 경찰에게 다가갔고 자초지종을 설명했다. 정해가 잠깐씩 말을 멈출 때마다 흥분한 영기의 목소리가 끼어들었다. 두 사람의 말은 자주 부딪히고 엉키고 꼬였다.

어제 신고를 한 번 하셨다고요?

잠자코 듣던 경찰이 그렇게 물었고 누군가와 짧게 전화 통화를 나누었다.

출동해서 확인한 사항이라 별일 없을 겁니다. 혹시 애들이 또 나와 있거나 하면 그때 다시 알려주세요.

두 사람이 들은 대답은 그게 다였다. 정해는 아이들이 감금되어 있을지도 모른다는 말은 하지 않았다. 애들을 때리고 굶기는 부모가 있다는 말도 하지 못했다. 그녀는 그 애들이 아직 어리다고, 그래서 걱정된다는 말만 했다. 그리고 영기가 감정적인 말을 본격적으로 쏟아내기 전에 그를 떠밀다시피 하며 그곳을 나왔다.

이후 두 사람은 지구대를 다시 찾지 않았다. 그 애들도 만나지 못했다. 그러나 그 일을 그냥 지워버린 건 아니었다. 그들은 자주 아이들을 생각했고, 불안과 걱정을 나누었고, 시간과 마음을 썼다. 그건 정해가 출퇴근길에 정자를 지나치는 것처럼, 영기가 산책 삼아 잠깐씩 정자 근처를 배회하는 것처럼 그들이 할 수 있는 최소한의 일 중 하나였다. 최소한의 일. 그들은 자신들이 신경 쓰는 다른 문제들도 똑같이 대했다. 그건 선을 넘지 않으려는 의지이고 노력이었다.

그래서 누군가 현관문에 쪽지를 붙여둘 거라곤 예상하지 못했다. 눈 예보가 있던 아침, 현관문을 열자 얼음처럼 차가운 바람이 쏟아져 들어왔고 순간적으로 목도리에 얼굴을 파묻은 탓에 정해는 하마터면 그 쪽지를 발견하지 못할 뻔했다.

〈관심도 지나치면 병입니다. 다른 사람들의 사생활과 생활 방식을 존중하는 법을 배우세요. 참는 것도 한계가 있습니다!〉

노란 포스트잇에 적힌 글씨는 모두 왼쪽으로 비스듬하게 기울어져 있었는데, 군데군데 잉크가 번진 자국이 남아 있었다. 그녀는 주변을 둘러본 뒤 쪽지를 뗐고, 서둘러 호주머니에 집어넣었다. 그녀가 그것에 대해 언급한 건 저녁을 먹은 뒤 영기와 나란히 소파에 앉았을 때였다.

누가 붙인 거야?

영기는 구깃구깃한 쪽지를 만지작거리며 물었고 정해가 되물었다.

누구 같아?

그들이 그런 종류의 쪽지를 받은 게 처음은 아니었지만 이번엔 달랐다. 고소니 고발이니 하는 원치 않는 일들에 휘말리면서 그들은 조심하는 법을, 선을 지키는 법을 틀림없이 배웠다고 생각했다. 두 사람은 자신들의 최근 행적을 더듬었고, 유쾌하다고 할 수 없는 몇몇 이웃과의 언쟁을 떠올렸고, 자신들의 태도와 말투를 점검했다. 사생활이나 생활 방식을 언급할 만한 사안은 아니었다. 의논하고 절충할 문제도 아니었다. 두 사람이 제기하고 요구한 문제는 모두 답이 분명한 것이었다.

사생활과 생활 방식을 존중하는 법?

정해가 혼잣말하듯 그 문장을 되뇐 건 그 때문이었다.

존중 좋아하네. 존중받을 짓을 해야 존중을 하지.

영기는 괘씸한 듯 쪽지를 도로 건네주고 텔레비전 화면으로 고개를 돌렸다.

혐의는 모두에게 있었다. 그 쪽지의 주인은 수개월째 복도에 적치물을 방치하고 있는 703호 남자일 수도, 주차장 한쪽에 온갖 폐품을 쌓아놓고 버티는 509호 여자일 수도,

베란다 난간 위에 위험천만하게 화분들을 늘어놓은 3층 여자일 수도 있었다. 정해는 쪽지를 내려다보며 생각했다. 사방이 온통 적이라고. 상식도 예의도 없는 무뢰배들에 둘러싸여 있다고.

그 애들 생각은 하지 않았다. 쪽지의 주인이 그 애들의 부모일 수 있다고 생각한 건 며칠 뒤, 편의점 앞에서 그 애들을 다시 만났을 때였다. 크리스마스를 며칠 앞둔 날이었고, 정해가 수술 후유증에 시달리는 영기를 데리고 병원에 다녀오는 길이었다. 아이들은 알록달록한 뽑기 기계에 정신이 팔려 있었는데, 여전히 구멍이 숭숭 뚫린 슬리퍼를 신고 있었다.

안녕, 오랜만에 보네?

그렇게 인사를 건넬 때 정해의 가슴이 무섭게 뛰기 시작했다. 미안함인지, 불안함인지, 두려움인지 모를 감정 탓에 그녀의 표정이 굳어졌다.

아, 이 애들이구먼.

몇 걸음 뒤에 서 있던 영기가 다가와 아이들과 눈을 맞추었다. 그리고 편의점 문이 열리며 여자가 나왔다. 애들은 길에 있으면 안 되는 거냐고 경찰에게 되묻던 여자. 행동에서, 말투에서 무신경하고 둔한 성격이 배어 나오던 여자. 아이들의 엄마였다.

안녕하세요.

정해가 인사했는데 여자는 인사를 받을 생각이 없어 보였다. 여자는 아이들을 단속하듯 가까이로 불렀고, 두 사람을 보며 물었다.

지난번에 경찰에 신고한 분 맞죠?

정해는 여자에게 한 걸음 다가섰다. 자신의 의도를 설명하기 위해, 그것이 악의가 아니라 선의에서 비롯되었음을 말하기 위해. 그러나 여자는 다가오지 말라는 듯 한 손을 들어 보이며 말했다.

그날 우리 애들이 거기 있었던 건 그럴 만한 사정이 있었어요. 그런 것까지 말할 필요는 없었죠. 아무튼 이유가 있다고요. 그러니 부탁드릴게요. 저희 애들은 저희 방식대로 잘 돌보고 있으니 마음대로 판단하지 말아주세요. 정말 부탁합니다.

공격적인 말투는 아니었다. 분노가 담긴 목소리도 아니었다. 그러나 집으로 돌아와 식탁 앞에 앉았을 때, 정해는 그 아이들에 대한 염려가, 그들 부모에 대한 의혹이 말끔히 걷히지 않았음을 알아차렸다. 영기도 마찬가지였다. 두 사람은 어쩐지 겁에 질린 것 같은 두 아이의 표정을 입에 올렸고, 자신들이 목격한 미심쩍은 점들을 열거하기 시작했다. 그건 그들이 그냥 지나치면 꺼져버릴 작은 불씨를 커다랗게 키우는 방식이었다. 해가 질 무렵, 두 사람은 다시금 뭐든 하지 않고는 견딜 수 없는 상태가 되었다. 그러니까 저녁 식사 전, 정해가 근처 지구대에 전화를 건 건 얼마간 예정된 수순이었다. 정해는 그 애들이 또 길 위에 있었다고, 슬리퍼 차림이었다고 말했지만 아동 학대라는 단어는 언급하지 못했다.

그녀가 그 단어를 소리 내어 말한 건 며칠 뒤, 두 사람의 집을 방문한 언니 정미 앞에서였다.

영기의 병문안 겸 김장김치를 전해주러 온 언니가 그들 부부의 안부를 물었을 때, 정해는 김치를 플라스틱 통에 차곡차곡 포개 넣으며 703호 남자에 대해 이야기했고, 김치 조각 하나를 맛보며 3층 여자에 대해 말했다. 그 애들에 대해 말한 건 그 이후였고, 그 애들의 부모가 미덥지 않은 이유에 대해서는 시시콜콜 설명하지 않았다. 정미는 고개를 끄덕일 뿐 이렇다 할 대꾸가 없었다. 그리고 집을 나설 때, 엘리베이터 앞까지 배웅 나온 정해를 보며 나지막한 목소리로 물었다.

정해야, 다른 사람들 심기를 건드리면 좋아? 다른 사람들이 불행하다고 생각하면 마음이 좀 나아?

질책하는 말투는 아니었다. 오히려 자신을 바라보는 언니의 얼굴엔 근심이 가득했다. 근심을 넘어 침통해 보이기까지 하는 언니의 시선을 정해는 피해버렸다. 예민하게 반응하고 싶지 않아서였다. 그건 이웃과의 분쟁으로 언니에게 몇 차례 돈을 빌린 적이 있어서는 아니었다. 그 돈을 아직 다 갚지 못했기 때문만도 아니었다. 뭐랄까. 찰나였지만 언니의 그 말이 자신 안의 뭔가를 건드린 것 같았다.

나는 모르겠다. 사는 게 여유 있지도 않은데 어떻게 그렇게 남들 사는 거에 줄기차게 관심을 가질 수 있는지. 너도, 제부도 살아봐서 알겠지만.

정미는 무슨 말을 더 할 것처럼 정해와 눈을 맞췄지만 더 말하지 않았다. 엘리베이터 문이 열리자마자 안으로 들어갔고 바로 닫힘 버튼을 눌렀다. 정해는 그 자리에 서서 층수가 낮아지는 엘리베이터 화면을 올려다보았다. 그러다 정신을 차린 듯 복도 난간으로 다가갔고, 건물을 빠져나오는 언니의 작은 머리통이 나타나자마자 큰소리로 외쳤다.

원래 손가락질하는 건 쉬워. 언니처럼 말하는 건 쉬운 일이라고. 무슨 일이든 터지고 나서 후회하면 무슨 소용이야! 안 그래?

정미는 듣지 못한 것 같았다. 정해는 언니의 은색 승용차가 주차장을 빠져나가는 것을 지켜보았고, 703호가 복도 한쪽에 쌓아 놓은 상자들을 노려본 뒤 집으로 돌아왔다.

12월 마지막 날에 오겠다던 호경은 오지 않았다. 시끌벅적한 타종 행사 방송을 지켜보는 내내 두 사람은 딸에 대한 이야기는 한마디도 꺼내지 않았다. 그 순간엔 각자의 기다림을 모른 척해주는 것이 서로에게 줄 수 있는 유일한 위로 같았다. 서른세 번의 타종이 이어지는 동안 그들은 지난해와 다를 것 없는 소박한 바람을 품었고, 짤막하게 서로를 격려했다. 그런 식으로 어쩐지 한 해 한 해 앞으로 고꾸라지는 것 같은 서로의 마음을 일으켜 세워 주었다.

그래서 다음 날, 현관문에 적힌 낙서를 발견했을 때 두 사람은 크게 동요하지 않았다. 지난밤 나누었던 격려와 위로가 서로에게 얼마간 힘이 되어준 것 같았다.

이봐, 잠깐 나와봐.

이른 아침, 밖에서 자동차 도난 경보음이 울렸고 상황을 확인하러 나간 영기가 정해를 불렀다. 그녀가 싱크대 앞에서 대파를 다듬고 있을 때였다.

왜? 무슨 일 있어?

그녀가 밖으로 나왔고 영기가 낙서를 가리켰다. 색연필인지 립스틱인지 모를 뭔가로 쓴 글자는 아이의 글씨 같기도, 어른의 필체 같기도 했는데 문고리 바로 위에 있었다. 두 사람은 나란히 서서 그 단어를 말없이 내려다보았다. 관종들. 그건 언젠가 어디선가 들어 본 말이었고, 그래서 낯

설지 않았으나 정확한 뜻은 알 수 없었다. 그럼에도 좋은 의미가 아님은 직감할 수 있었다.

지우지 말고 놔둬야 할까?

한참 만에 정해가 물었고 영기가 답했다.

놔둬야 하고 말고. 그래야 범인을 잡지. 이따가 경비실에 한 번 가보자고.

그쳤던 도난 경보음이 다시 울리기 시작했다. 정해는 주차장 쪽으로 고개를 돌렸다. 아니, 그녀가 보는 건 맞은편 아파트 건물이었다. 그 아이들이 사는 곳. 맞다. 그녀는 그 아이들의 부모를 떠올리고 있었다. 불안이, 걱정이 계속 그곳으로 향했고, 정해는 바로 그 점을 그 애들의 부모를 의심할 만한 타당한 근거로 삼았다. 다른 이유는 필요 없었다.

정해는 이 일을 적당히 넘기지 않겠다고, 작은 의혹도 무시하지 않겠다고, 끝까지 지켜보겠다고 마음먹었다. 새해였으니까. 그건 지난해도, 지지난해도 그녀가 목표로 삼은 일 중 하나였다. 한다고 하는데도 늘 부족하다고 여겨지는 일이기도 했다.

한참 만에 도난 경보음이 멈추었다.

들어가, 일단 들어가자고.

영기가 현관문을 열 때 두 사람의 눈이 마주쳤다. 정해

는 그가 자신과 같은 생각을 하고 있음을 알았다. 그런 건 그냥 알게 되는 거였다. ■

박솔뫼

사과

2009년 『자음과모음』 등단.
소설집 『그럼 무얼 부르지』 『겨울의 눈빛』 『사랑하는 개』 『우리의 사람들』,
장편소설 『을』, 『백 행을 쓰고 싶다』 『도시의 시간』 『머리부터 천천히』
『인터내셔널의 밤』 『고요함 동물』 『미래 산책 연습』 등.
〈김승옥문학상〉〈문지문학상〉〈김현문학패〉 등 수상.

사과

어느 날 아침 애리는 자신이 오랜 시간 흔들리는 창을 보며 시간을 보내왔음을 알았다. 일을 하러 가는 길이었고 이곳에 이사와 이 열차를 탄 것은 1년 7개월째였지만 아주 오래전부터 학교에 들어가기 전 아이일 때 모든 것이 멈춰 서 있고 시간이 영원한 것처럼 느껴지던 때부터 탈 것에 올라타 멀어지는 집과 나무들을 보아왔다고 느꼈다. 그것은 당연한 일이었을 텐데 왜 그제야 그것이 새삼스럽게 느껴진 것일까. 어딘가로 향하는 감각과 함께 창 너머 공터와 집들과 골목들을 실제로 걷는 일은 왜인지 일어나지 않을 일처럼 느껴지고 언제까지나 좌석에 앉아 멀어지는 사람과 집들과 빨래와 커튼을 보고 있을 것 같다.

애리는 사원 숙소를 제공하는 회사에서 오랫동안 일을 하다 그만두고 나와 집을 구해 살다 사회복지와 개호 관련 자격증을 따고 이후에는 자격증과 상관없는 일을 몇 년 하였다. 그러다 역시나 숙소를 제공하는 지금의 회사에 다니게 되었다. 회사는 큰 항구가 있는 대도시와 인접한 소도시에 있었고 숙소는 회사 직원만이 아니라 해당 지역 직장인들을 대상으로 한 곳이었기 때문에 회사와 아주 가깝지는 않았다. 그 때문에 예전 회사는 숙소에서 회사까지 걸어갈 수 있었지만 지금 회사에 가기 위해서는 숙소에서 걷거나 자전거를 타고 역으로 가서 다시 20분가량 열차를 타야 했다. 숙소 앞에서 버스를 타는 방법도 있었고 버스를 타는 것이 여러모로 더 편했지만 버스는 늘 같은 회사 사람들로 붐볐고 앉아 가기가 힘들어서 애리는 보통 열차를 탔다.

오랜 시간 흔들리는 창을 보며 살아왔다는 것을 깨닫자 곧이어 오랜 시간 기숙사에서 공동 부엌에서 공용 생활 공간에서 얼굴만 익숙한 사람들과 살아왔다는 사실이 마치 연결된 문제처럼 새삼스럽게 다가왔다. 둘은 전혀 상관없는 일인데. 마음을 먹자면 살 곳을 구해서 혼자 사는 것이 가능했던 것도 같지만 애리는 왜인지 그럴 마음을 쉽게 먹지 못했다는 생각을 한다. 이렇게 나이가 들어서 공동 숙소에서 사는 것이 부끄럽거나 괴롭지는 않고 돈을 아낄 수 있고 여러모로 편리한 점도 많았지만 혼자 살 집을 찾아 오래 쓸 가구를 사는 일에 겁을 먹고 엄두를 내지 못하고 있는 자신을 냉정하게 바라본다. 창은 여전히 흔들리고 창밖으로 아무것도 없는 텅 빈 공터가 보인다. 공터 구석에서는 무언가 야채 같은 것을 심는 것도 같지만 대부분은 아무것도 없는 공터. 도시 어느 한구석의 아무것도 없는 텅 빈 공터는 드물다는 생각을 한다. 가끔은 누군가의 넓은 방과 책장에서 시간을 보내고 싶다가도 애리는 동시에 이것저것 모든 것을 한 번에 버리고 어딘가로 금세 떠날 수 있을 것 같은 기분이 들고 그것이 실제로 그리 어렵지 않은 일이기 때문에 지금 생활은 지금 생활대로 좋다고 여기게 된다. 하지만 그럼에도 누군가의 텅 빈 방(떠올려보면 아주 어릴 때부터 지금까지 한 번도 가져 본 적이 없는)이 필요하다고 느낄 때 그것을 원하는 마음은 원하는 마음으로 눈에 보이는 곳에 확실하게 붙여두어야 한다. 그러다 보면 텅 빈 방의 모습이 뚜렷해질 때 언젠가 그것을 가졌던 것 같고 지금은 잠시 회사 숙소에서 나와 살지만 사실은 나에게는 돌아갈 집이 있고 거기에서 나는 생활하고 있다는 실감이 애리를 찾아오기도 한다.

 애리는 일주일에 4일 출근을 했다. 나머지 3일은 그때그

때 하고 싶은 일을 하며 짧게 여행을 가기도 가끔은 영화를 보러 가기도 했지만 대개는 산책을 하거나 공원에서 책을 읽으며 시간을 보냈다. 그러다 회사 일이 익숙해지기 시작한 1년 전부터는 역시나 열차를 타고 40분쯤 가야 하는 역 근처 오래된 카페에서 일을 하게 되었다. 애리가 일하는 카페는 20세기 중반 문을 연 오래된 카페로 원두의 작황이 어려워져 점차 카페가 사라지기 시작했을 때 한 번 문을 닫은 적이 있지만 그때를 제외하고는 지금까지 계속 운영하고 있는 곳이다. 문을 닫았던 시기도 폐업이라기보다 앞으로 변화할 상황에 대처하기 위해 내부 상황을 점검하였다고 하는 편에 가까울 것이다. 카페는 오래 거래하던 농장과 계약을 새로 맺고 그에 맞춰 가격을 올렸고 직원 교육에 더 신경을 썼다. 이 도시에서 가장 오래된 카페는 아닐지 모르지만 가장 오래된 곳에 가까운 이 카페는 대부분의 카페가 문을 닫고 사라진 후에도 역사와 전통을 간직한 곳으로 사람들의 사랑을 받게 되었다. 애리는 이러한 내용을 직원 모집 공고와 함께 붙은 공간 설명을 보고 알게 되었다. 이러한 카페의 성격 때문인지 혹은 카페 자체가 드물어졌기 때문인지 주말에 일을 해도 괜찮을 것 같아서 지원한 애리 외에 다른 직원들은 모두 커피라는 것에 진지하게 임하고 싶어서 이곳에 지원한 경우였다. 애리는 카페에서 일을 하는 것에 익숙해지자 커피와 구운 과자들이 풍기는 냄새 커피를 내리는 도구 같은 여러 요소들을 그럭저럭 좋아하게 되었지만 자신의 급여로는 한 달에 한 번쯤 마음먹어야 마실 수 있는 커피에 아주 진지하게 임하게 되지는 않았다. 진지하게 임하게 되지 않았다기보다 망설임 없이 좋아하게 되지는 않았다. 집에서는 물을 끓여 마셨고 무언가 마시고 싶다면 식품 회사에서 만든 커피나 홍차 대용 음료를 마셨다. 커피에 강한 의욕을 가지고 있지는 않았지만 자신이 하는 일에 적당히 거리를 두고 있기 때문에 필요한 만큼 성실하게 일을 할 수 있는 것인지도 모르겠다고 애리는 종종 생각했다. 지난 1년 사이 커피에 대한 고민으로 일을 그만둔다고 말한 직원을 두 명이나 보았기 때문이다. 애리는 자신이 채용된 것도 어쩌면 일을 그저 일로만 대하고 있어서였는지도 모르겠다고 생각했다.

주말에 종종 시간을 함께 보내게 된 선호를 알게 된 것도 이 카페에서였다. 커피의 작황이 점점 어려워지고 가격이 기하급수적으로 올라가자 여러 식품 회사에서는 원두를 넣지 않거나 줄이면서도 커피 맛과 비슷한 음료를 개발하기 시작했는데 선호는 그런 세계적인 식품 가공 회사에서 제품 개발을 담당하고 있었다. 이제 커피라는 것은 이전 같지 않고 사람들은 커피가 거의 들어가지 않은 커피의 맛을 구현한 무언가를 사 마시는데 그걸 만드는 게 선호의 일이었고 동시에 선호는 지나치게 비싸진 커피에 기꺼이 돈을 지불하는 사람이었다. 애리는 주말에만 일을 했지만 선호는 일주일에도 두어 번 카페에 왔으니 두 사람은 곧 얼굴을 익히고 가볍게 인사를 나누게 되었다. 선호는 처음에는 자신이 무슨 일을 하는지 말을 해주지 않았는데 커피를 그렇게 좋아한다고 말하면서 커피 비슷한 걸 만드는 일을 한다고 말하는 것은 늘 가벼운 비웃음을 사고는 했기 때문이다. 하지만 무슨 일을 한다고 말을 하지 않아도 선호는 여러 사람들과 함께 사무실에서 일을 하는 사람의 몸가짐이 느껴졌고 현재 하는 일에 큰 불만 없이 성실하게 임하는 사람이라는 인상을 주었기 때문에 애리를 비롯해서 카페의 사람들은 어떤 회사인가에서 오래 일한 사람일 것이라고 막연히 짐작했다.

애리는 주말 일이 끝나면 근처 오래된 상점가에서 두부와 두유와 야채를 사서 다시 열차를 타고 숙소로 돌아갔다. 직원용 기숙사가 있는 동네는 공장과 숙소만을 위해 30여 년 전 농지를 허물고 몇 안 되는 주민들을 이주시켜 만든 지역이었는데 몇 년을 채우다 직장을 그만두거나 대도시로 집을 구해 나가는 사람이 대다수여서인지 동네에는 시장도 큰 슈퍼마켓도 없었다. 오래된 상점가의 야채

가게는 상처가 나거나 알이 약간 작은 과일이나 숨이 조금 죽어서 익혀 먹기 적당한 야채들을 팔았다. 두부는 여름에는 쉽게 상하니 가을 겨울에만 사 올 수 있었고 애리는 대개 야채와 콩과 국수 같은 것을 사서 돌아오고는 했다. 야채를 품에 안고 밤 열차를 타고 이제는 먼 곳에서 불이 깜박이는 것을 애리는 역시나 열차의 창을 통해 보고 있다.

어느 날 아침 흔들리는 창을 바라보고 있을 때 애리는 문득 어쩌다 이곳까지 흘러오게 된 거지 전혀 연고도 없고 관심도 없던 곳에서 살아가게 된 것이지 하고 놀라게 된다. 그것도 여러 번 새삼스럽게 놀라고 그러다 곧 그런데 일을 할 곳이 있었고 잠을 잘 곳이 있었잖아 하고 애리는 금세 납득한다. 일을 마치고 돌아온 어느 날 밤에는 일을 할 수 있어서 다행이라고 느끼고 침대에 누워 언제 어느 곳에 있든지 잠은 나와 함께한다고 스스로에게 말하게 된다. 애리는 잠이라는 상태에 빠지는 것이 아니라 잠이라는 장소가 자신에게 주어졌다고 여긴다. 어느 곳에서 살든지 나에게 잠이라는 곳이 있고 나는 잠을 잘 때 그곳에 가면 된다고 생각한다. 하지만 텅 빈 방 넓고 필요한 만큼 해가 드는 방에 대한 생각은 종종 애리를 떠나지 않는다. 애리는 거기에 침대를 두고 어떨 때는 책상과 의자를 그 앞에 둔다.

처음 선호의 집에 갔을 때 조금 놀랐던 것은 애리가 머릿속으로 그려 본 텅 빈 방과는 달랐지만 선호의 집에는 그 나름의 텅 빈 방이 있다는 것이다. 침대가 있고 책장이 있고 책상과 의자가 있었지만 가구들 사이 텅 빈 구석들이 있는 넓은 방이었다. 선호와 처음 길게 이야기하게 된 것은 여느 때처럼 카페 근무를 마치고 상점가에서 두부를 사고 근처 식당에서 국수를 먹고 있을 때였다. 이어서 들어온 선호와 카페에서처럼 인사를 하고 같은 테이블에서 국수를 먹게 되었다. 애리는 카페에서 인사만 하던 선호와 막상 이야기를 시작하자 편하고 재미있다고 느꼈다. 동시에 애리는 문득 나쁘지는 않지만 가까워지지는 않던 평일의 회사와 주말의 카페 동료들을 떠올렸다. 어쩌면 선호가 이 도시로 이사 온 후 처음으로 가까워진 친구 비슷한 것이 될지도 모른다는 예감이 들었다. 아니면 이렇게 회사든 카페에서든 오래 자리를 지키다 보면 비슷하게 자리를 지키고 있는 몇몇과 지금보다 더 가까워질지도 모르겠다. 애리는 숙소가 있는 소도시의 이름을 말하고 아무것도 없는 곳이라고 덧붙이고 선호는 어딘지 안다고 자신은 이 근처에서 산다고 말한다. 그게 조금 의외였는데 이 부근은 이전에 비해서는 많이 평범해졌지만 20세기에는 일용직 노동자들과 불법체류 외국인 노동자들의 거리로 불리던 곳이었고 이 도시 어느 곳이나 그렇듯 역 주변은 평범한 신축 건물로 채워졌지만 골목 안쪽으로 가면 여전히 오전부터 술을 마시는 사람들이나 홈리스들이 공원 벤치를 차지하고 있었다. 의외라고 말하자 선호는 카페가 있는 쪽이 아니라 역의 반대편 출구로 나가서 좀 더 걸으면 그쪽은 또 다르다고 말했다. 도시는 블록 하나로 육교나 횡단보도 하나로 다른 생물처럼 분위기가 바뀌니까요. 애리는 그 말이 맞다고 생각하면서도 생물처럼 분위기가 바뀐다는 말이 어딘가 꾸며낸 표현 같다고 느꼈다. 하지만 그 말을 조급하지 않게 천천히 자신이 생각하고 있는 것을 그대로 말하는 리듬으로 말을 했기 때문에 결국 이 사람은 그런 생각을 하는구나 하고 받아들일 수 있었다. 선호는 어릴 때부터 아버지가 커피를 좋아하셔서 그 영향으로 커피를 좋아하게 되었다고 했다. 아버지는 선호가 고등학교에 들어가기 전 돌아가셨는데 아직 어렸기 때문에 아버지가 돌아가시고서야 처음 카페로 가서 커피를 마셔보았다고. 처음에는 호기심이었지만 아버지는 이런 걸 좋아하셨구나 생각하며 그 이후로도 몇 번 마시다 보니 어느새 좋아졌다고 했다. 그러는 사이 해가 다르게 기후는 급변하고 작황은 어려워지고 가격은 치솟아서 커피라는 것을 이전처럼 매일 같이 마시기는 어려워졌다. 선호는 아버지는 커피에 관해서라면 가장 좋을 때를 누리고 가신 거라고 했다. 세계 여러 곳에서 여러 농장들의 커피를 수입해서 가장 맛있는 맛을 내기 위해 고군분투하던, 말하자면 황금기를 누리신 거라고. 선호는 황금기를 golden era라고 말했고 이 역시 천천히 자연스럽게 말을 해서 조금도 어색하지 않았다. 애리는 골든 에라라고 말하는구나 하고 잠깐 생각했다. 하지만 성공적인 투자자였던 아버지는 분명 모든 것을 예측하셨던 것 같다며 아버지의 방에 잘 보관된 상태 좋은 생두가 몇 킬로나 있었다고 말했다. 지금이라면 그 원두를 잘 로스팅할 수 있겠지만 그때는 잘 몰라서 어머니가 주변에 선물하거나 근처 카페에 로스팅을 부탁하거나 하는 식으로 가볍게 처리했는데 그게 가끔 후회가 된다고 했다.

이후로도 애리는 선호와 이런저런 이야기를 주고받았다. 선호는 자신의 일을 둘로 나누어서 생각했다. 하나는 이제는 사람들이 많이 잊어버린 진짜 커피에 가까운 맛을 그에 가깝게 구현하는 것이고 다른 하나는 아예 커피가 무엇이었는지 혼란스럽게 할 수 있는 완전히 다른 맛에 가까운 무언가를 하지만 마실 만한 무언가를 만들어내고 그것을 커피라고 말하는 것이다. 어느 쪽이든 흥미로운 일이며 선호는 자신은 원두를 내려 마시는 커피를 좋아하지만 자신이 하는 일도 그만큼 아니 그 이상 좋아하고 있다고 말했다. 애리는 자신은 그 둘을 구분하지 못한다고 느꼈다. 진짜 커피에 가까운 것을 이전부터 마셔오지 않았기 때문이다. 물론 가끔 마신 커피들이 나름의 강렬한 기억으로 남아 있기는 하지만 결과물을 정확히 구분할 자신은 없었고 어쩌면 커피를 구분하는 일에 흥미가 아니면 의욕이 없는 것도 같았다. 무엇이든 마실 만하면 마시지 않을까. 선호는 현재 개발 중인 두 번째에 해당하는 신제품이 나오면 곧 갖다 주겠다고 했다. 애리는 커피와 완전히 다른 맛인데 사람들이 커피라고 생각할 만한 무언가가 어떤 맛일까 잠깐 생각했다. 애초에 다른 맛을 상정한다는 것이 조금 거짓말 같다고 느꼈는데 그러다가도 실제 카페에서 일을 하며 마셔본 여러 커피들의 맛이 다양했던 것을 떠올리며 가능할지도 모르겠다고 생각하다가 그래도 조금 석연치 않다고 느꼈다.

많다고 하면 많다고 할 수 있는 나이를 먹은 두 사람은 (하지만 여기에 많다고 하면 많고 적다고 하면 적다고 할 수 있는 같은 흔히 쓰는 표현은 어울리지 않았는데 두 사람은 경우에 따라 많지 않다고 할 수는 있겠지만 대부분의 경우 어리다고는 할 수 없는 나이였기 때문이다) 보통은 한 달에 두어 번 어떨 때는 주말 내내 함께 시간을 보내고는 했다. 주말 내내 시간을 보낼 때는 선호의 집에서 자고 일어나 미리 세탁해둔 유니폼을 챙겨서 카페로 출근하고는 했다. 두 사람은 카페에서 가볍게 인사를 하고 평소와 같이 손님과 점원으로 상대를 대했다. 하지만 연락을 자주 하지는 않았고 그래서 따로 만나지 않을 때는 한 달 이상 만나지 않기도 했다. 하지만 손님과 점원으로 서로를 마주할 때는 언제나 반갑게 인사를 했다. 선호를 만나지 않을 때 애리는 그제야 주변을 돌아보며 자신이 살고 있는 숙소 주변을 너무 모른다는 생각을 종종 했다. 이 주변에서 뭔가 모르는 무언가를 찾아낼 수 있을지도 모른다는 생각을 하며 버스를 타고 주변을 살펴볼까 하는 생각을 하기도 했지만 퇴근을 하고 나면 그런 열망도 사그라들었다. 대신 같이 일하는 이 지역 출신 직원에게 주변에 갈 만한 곳이 있느냐고 물어보았는데 그 친구는 주변에 뭐가 없어서 어릴 때부터 주말이면 가족들끼리 차를 타고 멀리 나가는 쪽이었다고 말했다.

그런데 아마 직원 숙소에서 버스를 타고 가면 근처에 오래된 절이 있었던 것 같은데요.

걸어서도 갈 수 있을까.

한 40분 정도? 50분 정도 걸으면 될 거니까 천천히 걸으면 갈 수도 있을 거예요. 그러니까 회사 가는 방향 말고 반대 방향으로요.

애리는 언젠가 그곳에 가보아야겠다고 생각했다. 절까지 가는 길에는 몇 개의 통조림 공장을 지나야 할 것이다. 걸어서 갈 만한 길일까. 애리는 아직 가지도 않은 그 길 위를 차도 옆 풀이 난 길을 걷는 자신이 왠지 그려졌다. 인도가 따로 없고 가끔 뒤에서 자전거가 자신을 앞질러 가고 일단 버스를 탄 채 어떤 길인지 창을 통해 보는 편이 나을지도 모르겠다. 애리는 어디로도 출근하지 않는 날 시도해 보아야겠다고 생각했다. 어느 오후 공장을 따라 걷는 사람 그 사람은 조금 서두르는 걸음으로 하지만 구체적인 용건은 없는 것 같은 얼굴로 앞으로 앞으로 풀이 난 길을 따라 걷고 있다.

선호는 어릴 때 상하이에 있는 국제 학교에 다녔다고 했고 그곳 친구들 중에 회사원은 자기밖에 없다고 웃으며 하지만 그런 말까지도 정해진 농담처럼 여유 있게 이야기했다. 여름이 되면 자신이 초등학교에 들어갈 무렵 부모님이 미리 사둔 바닷가 근처 작은 건물에 애리와 함께 가고 싶다는 이야기를 했다. 애리는 모래 묻은 발을 털고 계단을 올라가는 광경을 떠올렸다. 선호는 어릴 때는 그곳에 몇 번 갔지만 한동안 다른 사람에게 세를 주어서 들르지 못하다가 몇 년 전부터 자신이 관리하게 되어 일 년에 몇 차례 들른다고 했다. 이전처럼 여러 곳에 세를 주고 있지만 바다가 가장 잘 보이는 조용한 방은 자신이 쓰고 있으니 여름에 그곳에 가면 좋을 것이라고 했다. 그래요. 그러면 좋을 것 같아. 정말로 나쁠 것이 없는 일이고 좋기만 한 일일 것이다.

선호는 언제까지 지금 회사에서 일을 할 것인지 동시에 언제까지 카페에서 일을 할 것인지 종종 물었는데 그것은 늘 스스로도 알 수 없는 일이었기 때문에 다음 달이라도 당장 그만둘 수 있을 것 같기도 하면서 꽤 오래 다닐 수 있을 것 같기도 했다. 그러면서도 왜인지 글쎄 당분간은 다니지 않을까 라고 답하게 되었다. 일이 필요하고 돈이 필요해요 세상 모든 사람들처럼 간절하게. 그것이 가장 정확한 답이었는데 정확한 답을 어떻게 자연스럽게 도시는 다른 생물처럼 모습을 바꾼다고 말할 수 있을지 애리는 그게 늘 어렵다고 느꼈다. 애리는 그러나 자신이 무엇을 하든 어디에서 살아가든 자신은 잠으로 갈 수 있다고 말했다. 선호에게 직접 그런 이야기를 하지는 않았지만 나는 잠을 확실히 인지하고 있다고 나는 그러한 공간이 있고 그것을 잘 알고 있다고 스스로에게 말했다. 바다가 잘 보이는 방에서 아침을 맞이할 때도 언제나처럼 애리의 잠은 단단하고 부드럽게 애리를 지지할 것이다.

선호가 해외 출장에 가야 한다고 식물에 물주기를 부탁

했을 때가 아마 두 사람이 가장 친밀했을 때일 것이다. 애리는 선호의 집에서 출퇴근을 하였는데 거리로는 분명 숙소보다 더 가까울 그곳이 열차를 탈 경우 한 번 갈아타야 해서 걸리는 시간은 비슷했다. 애리는 선호의 집에 앉아, 1층 작은 소파에 앉아 집이 내는 소리를 들었다. 선호의 잘 도착했다는 메시지를 확인한 뒤 소파에 몸을 기댔다. 구석에는 다 탄 향의 재가 작은 접시에 남아 있었고 고개를 돌리지 않아도 연하게 향이 맡아졌다. 선호를 만나 이 집에서 종종 시간을 보냈고 두 사람은 연인이 되어도 좋을 만한 정신적 육체적 친밀함이 있었지만 애리의 마음속에는 누가 물어보지도 않았지만 나에게는 잠이라는 갈 곳이 있다고 주장하고 싶어졌고 선호는 점점 애리가 길에 서서 흙이 묻은 감자를 굳이 씹어 먹는 사람이라고 느끼기 시작했다. 길에서 뭔가를 먹을 필요가 있을까. 그게 사과나 귤이라고 해도 이해가 안 되는데 왜 흙이 아직 묻은 감자를 씹어 먹는 걸까. 선호는 그런 이야기를 한 적은 없었고 상대방의 기분이 상할 만한 말을 할 사람은 아니었으니 앞으로도 하게 되지는 않을 것이다. 선호가 그렇게 생각한다고 해도 애리는 스스로를 변호하고 싶은 생각은 없었지만 익히지 않은 감자를 굳이 먹는 사람은 없다는 것쯤은 당연한 일이라고 생각했다. 애리는 입을 벌려 내가 먹던 건 사과라고 보여줄 수도 있었다. 하지만 사과를 감자로 보고자 하는 사람에게 사과가 사과임을 증명하는 일을 하고 싶지는 않았다. 애리는 선호가 준비해둔 이라기보다 평소와 같이 갖추어둔 여러 가지 것들 커피와 깨끗한 물과 흠이 나지 않은 싱싱한 과일을 먹었다. 텅 빈 방에 누워 사실 텅 비지 않았고 카펫과 커튼과 의자와 책상과 햇볕 냄새가 나는 수건들과 잘 개어진 옷들이 있었지만 그럼에도 텅 빔과 여유를 품은 공간에 앉거나 누워 방이 내는 소리와 지금이라는 순간을 집중하고 느꼈다. 이것은 이것대로 여기에 있는 것이야. 나의 잠이 늘 내게 자리를 펴주는 것처럼 애리는 아침에 사과를 깎아서 먹었다. 사과를 먹고 커피를 마시고 일을 하러 갔다. 선호의 집을 좋아하고 가지고 싶다고 말하면 그 말이 금세 빗방울처럼 눈에 보이는 것으로 쏟아져 창문을 두드릴 것 같다. 그래서 마음속으로도 그 말을 하지 않았다. 애리는 그런 생각을 하는 스스로가 조금 어리석다는 것을 알았지만 그런 마음이 되는 것은 사실이었다. 선호의 집에서 시간을 보내기 위해서는 지금처럼 선호와 가깝게 지내면 되는 걸까 아니 생각해보면 선호가 오래오래 해외 출장을 가는 방법도 있을 것이고 당분간은 그것이 더 괜찮은 방법처럼 느껴졌다. 너는 아버지가 사둔 바닷가 근처 작은 집으로 샌들을 신고 모래밭에 누워 책을 읽으며 시간을 보내면 더 바랄 것이 없다는 그곳에서 살면 되지 않을까. 그 순간 애리는 그 모든 생각이 피곤하게 느껴져 밖으로 나와 근처를 조금 걷다 들어와 잠이 들었다.

중간에 하루 옷을 갈아입기 위해 직원 숙소로 돌아왔을 때 순간 애리는 방이 이전과는 조금 다른 느낌이라고 생각했는데 그것도 잠시였고 어느새 원래 알던 매일 같이 시간을 보내던 자신의 방으로 돌아와 있었다. 창 너머로 누군가 자전거를 타고 지나갔다. 그리고 새로 이사 온 옆방 직원은 창문을 열고 베란다에 무언가를 내려놓고 있었다. 화분일까. 이어서 빨래를 너는 소리가 들렸다. 나의 잠이 어느 때나 변함없이 때로는 새롭게 스스로를 펼치며 나타나는지 나는 그것을 알고 있다. 애리는 씻고 나와 며칠간 선호의 집에서 지내기 위한 짐을 챙기고 며칠 만에 숙소에서 잠이 들었다. 잠시 꿈을 꾸었던 것 같은데 아침이 되자 잊어버렸다. 잠과 꿈은 서로 다른 존재로 잠은 자신에게 주어진 장소이고 자신이 가질 수 있는 공간이었다. 꿈은 애리가 가끔 볼 수 있는 것이었는데 그래서 애리는 잠을 자지 않을 때 깨어 있을 때도 가끔 꿈을 꿀 수 있었다. 아주 명료한 상태로 애리는 가끔 꿈을 보았다.

애리는 금세 선호의 집에 적응하였다. 이전에는 옷을 벗고 서로 함께하기 위해 누웠던 침대에서 애리는 혼자 잠옷을 입고 잠을 잤다. 아침에는 사과를 깎아 먹었다. 사과는 적당히 시고 달았고 아주 오랜만에 먹어보는 맛있는 사과였다. 선호의 집에서 지내며 애리는 왜인지 점점 더 선호에 대해 생각하지 않게 되었다. 그 사람이 사는 공간에 있기 때문인지 더욱 이 사람이 어떤 사람인지 궁금해지지 않았고 오히려 점차 선호가 어떤 사람이었는지 흐려지고 잊어가고 있다는 느낌까지 들었다. 선호가 출장을 갈 즈음 두 사람은 하루에도 몇 번씩 연락을 주고받았는데 애리가 선호의 집에 머물면서 연락은 점점 줄어들고 애리는 가끔 잘 자라고 있는 화분 사진을 보냈다. 침실 창으로 처음 보는 작은 새들이 늘 지저귀고 있었다. 주말에 카페에 출근하기 위해 아침에 눈을 떴을 때 비가 오고 있었다. 잠결에 빗소리를 들었다고 생각했는데 정말 비가 오고 있었다. 비 냄새가 맡아졌다. 애리는 커튼을 걷고 창문을 살짝 열고 비 냄새를 맡았다. 평소보다 일찍 눈이 떠졌고 시계를 확인한 뒤 조금씩 밝아져가는 아침 공기를 바라보았다. 한참 먼 곳을 바라보고 있을 때 건너편에서 크고 튼튼한 우산을 쓴 선호가 네이비색 슈트를 입고 오래된 가죽 여행 가방을 손에 쥔 채 다가오고 있었다. 지금까지 본 적 없던 선호의 모습이었다. 선호는 저런 옷을 입고 출장지에서 일을 하고 있을까 애리가 본 적 없는 굳은 얼굴을 하고 있었다. 애리는 선호의 모습을 보면서 비 냄새를 맡다가 창을 닫았다. 애리는 나중에 슈트를 입고 가죽 가방을 든 선호가 나타났다는 이야기를 선호에게 해야겠다고 생각했다. 하지만 동시에 이 이야기를 할 기회는 없을 것 같다고도 느꼈다. 눈을 감았다 뜨면 사라지고 가만히 비가 내리고 바람이 부는 것을 바라보면 다가오는 것들을 이야기할 기회는 없을 것이다.

 선호의 집 근처 역과 역까지 가는 길의 집들과 가게들이 이제는 완전히 눈에 익게 되었다. 퇴근한 뒤에는 돌아와 주방에서 가볍게 음식을 만들어 식탁에 앉아 먹고는 했다. 목재로 만들어진 4인용이라기에는 약간 작고 두 명이 쓰기에는 충분한 식탁이었다. 식탁 위에 새겨진 작은 스크래치들의 위치도 촉감도 외우려고 한 것이 아닌데도 기억해낼 수 있었다. 선호는 해외 출장 중이고 아직 돌아오기로 한 날이 아니니 이 집에 없는 것이 당연한 것인데도 애리는 선호가 사라진 것 같다고도 느꼈다. 그렇게 느끼기 시작하자 선호를 떠올리면 왠지 모를 슬픔이 솟구쳤다. 선호에게 여러 가지 것을 그러니까 애리 자신에 대해 설명하고 설득해야 할 것 같은 느낌을 줄곧 가졌기 때문일까 애리는 선호와 함께하는 시간이 즐거우면서도 늘 마음 한구석에서 답답함을 느끼고 있었는데 막상 선호가 사라졌다고 생각하자 선호는 유쾌한 사람이었고 성실한 사람이었다는, 결론적으로 꽤 좋은 사람이라는 평가를 내릴 수 있었다. 사라진 것이 아니고 곧 만나게 될 것이었고 그것을 잘 알고 있었지만 말이다. 아마 일주일 뒤 만나게 되면 출장에서 어떤 일이 있었냐면 하고 재미있는 것을 이야기하는 표정으로 여러 이야기를 해줄 것이다. 그 시간이 찾아오면 애리는 아 역시 선호는 자신의 일을 좋아하고 함께 있으면 즐거운 사람이야 하고 아무 의구심도 없이 기쁘게 생각하게 될 것이라는 것을 잘 알고 있었다. 하지만 애리는 그 모든 이야기를 당연히 듣게 될 것 같으면서도 어딘가 그런 일은 일어나지 않을 것도 같다고 느꼈다.

이후 선호가 해외 출장에 다녀온 후 두 사람 사이는 서서히 멀어졌기 때문에 애리의 예감처럼 선호의 집에서 출장지에서의 이야기를 듣는 일은 없었다. 애리는 종종 그때 느꼈던 막연한 슬픔이 선호가 실제로 사라졌기 때문이 아니라 더 이상 이전과 같이 두 사람이 함께할 수 없음에 대한 예감이었다고 생각했다. 하지만 그 생각을 하고 있을 때 아직 그 선호는 해외 출장 중이고 애리는 선호의 집에서 텅 빈 방에서 아침을 맞이하고 조용한 저녁 시간을 보낸다. 자신이 이곳에 익숙해진 것처럼 이곳 역시 자신에게 익숙해져가고 있다고 느끼면서.

평일 근무를 마친 애리는 그새 늘어난 옷과 물건들을 챙겨 숙소로 돌아갔다. 다음 날 입을 유니폼을 세탁하고 짐을 간단히 준비해두었다. 짐을 챙겨 숙소에서 나와 역을 향해 걸으며 이 반대편 어딘가에 있다는 오래된 절을 떠올렸다. 열차에 올라 어두운 밤 멀리서 하나둘 반짝이는 불빛을 보며 어느 오후 혼자서 공장을 따라 걷는 어떤 사람을 떠올리고 그 사람의 집은 어디일까 생각했다. 그 사람은 어쩐지 며칠 전 아침에 본 가죽 가방을 든 선호와 같은 얼굴을 하고 있다. 하루 만에 만난 선호의 집은 여전히 아늑했고 애리는 짐을 내려놓고 소파에 앉아 선호가 돌아올 날을 손으로 꼽아보다 잠이 들었다. 다음 날에는 평소보다 일찍 카페에 도착해 청소를 하고 일을 시작하였다. 점장은 유니폼을 갈아입고 나와 인사했다.

요즘 그 손님 안 보이네.

누구요?

매일 같이 오는 분 있잖아.

점장은 아주 괜찮고 여유가 넘치는 사람으로 선호를 묘사했고 그 묘사는 어딘가 돈이 많아 보이는 사람있잖아 하는 말을 다른 방식으로 점잖게 하기 위함이라고도 애리는 생각했지만 아 그러게요 그러고 보니 출장을 자주 간다고 했던 것 같아요 하고 대답한다. 선호는 애리가 일을 하지 않는 날에도 꽤 자주 들르는구나 하고 잠시 생각했다. 점장은 오늘 이전에 아주 오래 일했던 직원 한 명과 지금까지 애리가 쉬는 날에만 들렀던 사장이 함께 들를 것이라고 전한다. 애리는 면접을 볼 때 보았던 나이 든 남자의 얼굴을 떠올린다. 도무지 무슨 생각을 할 수 없는 얼굴이라는 생각을 했던 것 같은데. 영업을 준비하고 손님들을 맞이하고 그러는 사이 사장은 가게로 들어오고 애리는 자신의 기억보다 조금은 밝아 보이는 얼굴의 사장을 자리에 안내하고 문득 이 사람은 20세기 중반 이 가게를 처음 연 사람과 무슨 관계일까 잠깐 생각하다 말았다. 친인척이라는 이야기는 얼핏 들은 것 같은데 직접적인 이야기는 들은 적이 없었다. 여전히 원두와 매장을 관리한다는 사장을 보며 전혀 닮지도 나이대도 조금 차이가 있을 테지만 본 적도 없는 선호의 아버지를 떠올렸다. 왜인지 사장과 선호의 아버지는 친했을 것이고 두 사람은 커피에 대한 이야기를 나누었을 것 같다. 불과 몇십 년 전의 이야기일 그것이 왜인지 너무나 먼 세계의 일처럼 순간 느껴졌다. 한국에서 전쟁이 끝나고 일본은 경제 성장기를 맞이하고 베트남 전쟁이 벌어지고 학생들은 전쟁에 반대하고 그리고 그런 책에서 보던 지금과는 완전히 다른 규칙과 내면으로 살아가던 사람들의 이야기 같다고 느꼈다. 하지만 사장에게 물을 따라

주어야 했기 때문에 그 생각은 곧 잊어버렸다.

며칠 뒤 선호는 출장에서 돌아왔고 그 전에 애리는 아침 일찍 일어나 청소를 하고 짐을 챙겨 출근을 했다. 그 뒤로도 가끔 두 사람은 식사를 하거나 카페 근무가 끝나고 이야기를 하고는 했으나 이전처럼 자주 보게 되지는 않았다. 두 사람이 가까웠을 때 두 사람은 주로 선호의 집에서 만났다. 이제 더 이상 만나지 않게 된 지금 애리는 선호의 집에 갈 일이 없어졌고 가끔 텅 빈 방을 떠올릴 때 선호의 방이 겹쳐져 떠오르게 되었다. 애리는 가끔 자신이 느꼈던 답답함을 떠올리거나 단지 사과를 먹고 있었을 뿐이라는 것을 이야기하고 싶을 때도 있었다. 애리가 그런 이야기를 하면 선호는 잘 들어줄 것이다. 잘 듣고 난 뒤 가볍게 웃으며 그런 게 아니라고 대답할 것이다. 막상 이야기를 꺼내면 애리의 예상과는 달리 생각지도 못한 이야기가 시작될지도 몰랐지만 아마 그럴 일은 없을 것이다. 애리는 그것을 잘 알고 있었다. 그런 생각을 하다 보면 선호에 대한 어디서 온지 모를 가벼운 비웃음이 생겨날 때도 있었지만 그것은 그리 오래가지 않았다. 시간이 지나자 그저 더 많은 길과 골목을 흔들리는 창과 그 너머를 헤매고 확인하고 싶다는 생각이 들었을 뿐이다.

하지만 선호에 관해 유일하게 순순히 아무런 답답함도

껄끄러움도 없이 떠올리게 되는 일이 있었는데 함께 근처 공원에서 선호가 내려온 커피를 마시며 이야기를 했던 어떤 날이었다. 그때 선호는 아버지가 병으로 비교적 일찍 세상을 떠나셨기 때문인지 늘 건강에 신경을 쓰게 되었다는 이야기를 했다. 아버지에 대해 생각하면 늘 아버지를 동경했던 것과 함께 자신도 일찍 병에 걸리게 되면 어떡하지 하는 불안에 휩싸였다는 이야기였다. 십대 시절은 늘 곤두서 있고 불안한 상태였던 것 같은데. 십 대는 다 그렇겠지만. 아이보리색 병원의 복도와 이제는 거의 만나지도 않는 친척들의 얼굴과 언제부턴가 결혼식도 장례식도 참석하지 않게 되었다는 이야기가 이어진다. 애리는 아주 어릴 때부터 흔들리는 창을 보아온 것처럼 아주 오래전부터 아이보리색 벽과 불편한 대기실의 의자와 복도를 비추는 오후의 햇볕 아래서 시간을 보내고 있었고 언제나 그것을 생생하게 떠올릴 수 있었다. 그것이 다른 사람의 이야기가 아니라 자신의 이야기였음을 늘 언제나 흔들리는 창을 마주하고 있었다는 것을 애리는 확실히 알게 되고 애리는 병원 복도에 서 있는 자신을 확인하고 그 너머로 마음대로 자라난 풀을 밟으며 공장을 지나가는 가죽 가방을 든 남자를 바라보며 아주 짧은 순간 우리라고 묶일 만한 순간을 방금 지나쳤음을 알았다. 늘 어느 복도에 앉아 검사 결과를 기다리던 중학생 남자애와 회색 대기실의 의자에 앉아 3시간 넘게 병원 홍보 영상을 보고 있는 언젠가의 애리는 각자가 알지 못하는 사이 잠시 우리로 묶였지만 곧 누군가의 손을 잡고 혹은 문을 열고 나와 버스를 타고 사라진다.

 한동안 선호는 애리가 일하는 주말에는 카페에 오지 않았다. 얼마나 지났을까. 두 사람은 아예 만나지 않게 되었는데 그러던 어느 날 주말 애리는 어딘가 야위고 지친 얼굴의 손님을 자리로 안내하게 되고 주문을 받으러 다가갔을 때야 그 사람이 선호임을 알아보고 웃으며 인사를 건넨다. 선호 역시 잘 지냈느냐고 안부를 물었지만 얼굴을 마주한 두 사람은 이제 서로가 낯선 사람으로만 느껴졌다. 그리하여 두 사람은 평범한 손님과 점원으로 친절하게 웃으며 서로를 대할 수 있게 되었다. ■

서장원

상어

1990년에 출생. 2020년 『동아일보』 등단.
소설집 『당신이 모르는 이야기』.
〈문지문학상〉 수상.

상어

 정연이 옛 시모의 전화를 받은 건 금요일 밤이었다. 샤워를 마치고 나와 욕실 앞에 놓아뒀던 옷을 하나씩 꿰어 입고 있는데, 침대에 걸터앉은 채 휴대전화를 들고 있는 정연이 눈에 들어왔다. 정연의 표정이 좋지 않았으므로, 좋지 않은 정도가 아니라 낯빛이 거의 창백해 보였으므로 통화 내용이 심상찮다는 걸 알 수 있었다. 나는 정연이 통화를 마칠 때까지 우리에게 닥칠 수 있는 여러 가지 나쁜 일을 상상했다. 우리가 사는 집의 전세금이나 정연 가게의 보증금과 관련한 문제, 양가 가족들과 관련한 이런저런 속 시끄러운 일들. 그러나 그 밤에 걸려 온 전화는 그 모든 것과 관련이 없었다.

"있잖아. 그 사람 실종됐대. 내 전남편."

"실종이라니?"

"그 사람 어머니 전환데, 오전에 서핑하러 가서 아직 안 왔나 봐. 구조대도 거의 철수했대."

'구조대'라는 단어를 듣자 상황이 제법 심각하겠다는 생각이 들었다. 서핑 중에 실종되었다니 심각하지 않을 리 없었다. 다만 한편으로는 마음이 다소 진정된 것도 사실이었다. 정연의 전남편이라면 우리와 엮인 사람이 아니었으니까. 나는 뭐라고 대꾸하려다가 입을 다물었다. 많이 놀랐겠다거나 그 사람 어머니는 어떠신지 묻는 게 무의미한 일처럼 느껴졌다. 심지어 실종된 남자가 내 아내의 전남편이라는 사실도 이 상황에서는 그다지 중요하지 않은 것 같았다. 나는 최악의 경우를 생각했고, 아마 정연도 바로 그 생각을 했던 것 같다. 나는 조금 망설이다가 물었다.

"그럼 지금 뭐 하고 계시대? 그 사람 어머니 말이야."

"그냥 너무 어둡다고만 하셔. 어두워서 어디서부터 바다인지도 안 보인다고." 정연은 중얼거렸다. "제정신이 아니겠지."

나는 내 어머니와 비슷한 연배인 여자가 캄캄한 해변을 헤매고 있는 풍경을 떠올렸고, 그제야 조금 슬퍼졌다. 한편으론 이런 상황에서 어떻게 행동해야 할지 몰라 당황스럽기도 했다. 아내의 전남편 사고 소식을 접했을 때 보일 만한 적절한 반응 같은 건 없겠지만, 그렇게 생각하는 동시에 무언가 해야 한다는 압박감이 들었다. 정연은 막 꿈에서 깨어나 자신이 누구인지, 여기가 어디인지 모르는 사람처럼 침실에 우두커니 서 있었다.

"양양에서 온 전화지? 거기 한번 가볼래?"

나는 잠깐 고민한 끝에 말했다. 그게 이 상황에서 내가 건넬 수 있는 유일한 말 같았다. 다만 그렇게 물으면서도 그 시간에 정말 양양에 가겠다고 작정했던 건 아니었는데, 정연은 뜻밖에도 그러자고 대답했다. 나는 차 키를 챙기고 청바지에 다리를 집어넣으면서도 과연 이게 적절한 행동일까 고민했다. 어쨌거나 정연은 나의 아내이고 실종된 성록은 내 아내의 전남편이었으니까.

성록에 대해서라면 정연에게 들어 알고 있는 것이 좀 있었다. 우리 관계의 초창기, 연남동에서 자주 만나던 그 여름에 정연은 자신의 지난 연애와 결혼 생활, 그리고 이혼에 이르는 과정을 내게 말해줬다. 경의선 숲길이 내려다보이는 2층 술집에서, 창문을 넘어온 초여름의 밤바람을 맞으며, 술도 거의 마시지 않은 채로.

정연과 성록은 같은 대학, 같은 학과 동기로 만나 6년쯤 연애한 끝에 결혼했다. 자잘한 취향이나 성격은 영 달랐지만 커리어보단 생활의 여유를 추구하고 아이를 원치 않는다는 점에서는 마음이 잘 맞았다고 했다. 서울에서의 삶을 피로해한다는 점 역시 비슷해서, 두 사람은 적당한 타이밍에 성록의 고향인 양양으로 이주하자는 이야기를 여러 번 나눴다. 정연의 가게를 옮기고 성록은 아내와 어머니의 사업을 거드는 것으로 생계를 꾸려보자는 것이었는데, 양양이 서핑 비치로 각광받던 시절이었고 성록의 어머니가 그곳에서 운영하던 게스트하우스도 성업 중이었으니 허황한 생각도 아니었을 것이다. 다만 두 사람은 그 '적당한 타이밍'이 오기 전에 헤어졌다. 말다툼 중 성록이 정연의 뺨을 때린 일이 결정적인 이혼 사유가 됐다. 그런 식의 폭력은 결혼 생활을 통틀어 딱 한 번뿐이었고 성록은 곧바로 사과했지만, 그 순간에 어떤 중요한 것이 망가져버렸고 어떻게 해도 돌이킬 수 없었다고 정연은 설명했다.

"이해가 가?"

그때 나는 정연이 어떤 경고를 하고 있다고 짐작했다. 자기가 한 말을 이해하고 자기 선택을 인정할 수 없다면 우리는 더 볼 일이 없다, 이 여자는 바로 그 얘기를 하고 있다고.

"물론이지."

나는 그렇게 대답했다. 아마 정연의 말을 다 듣기도 전에, 정연이 이 이야기를 꺼내놓기도 전에 정연을 이해하겠다고 결심했던 것 같다. 정연은 술집이나 카페에 앉아 있었다면 내가 몇 번이나 흘끔거렸을 여자였고, 그럼에도 내게 눈길 한번 주지 않을 것 같은 여자였다. 나는 정연이 조금 무리한 부탁이나 과격한 경고를 해도 받아줄 용의가 있었다. 그리고 정연이 내게 던진 이 선전포고는 결혼 상대에게 충분히 할 수 있는 말 같았다.

"나는 그런 사람이 아니야."

나는 진심을 담아 그렇게 말했다. 정연은 테이블 너머로 팔을 뻗어 내 손을 잡았다. 천장에 달린 대나무 등의 불빛이 은은하게 정연의 얼굴 위로 내려앉았고, 창밖에서 여름의 축축한 바람이 불어 들어왔다. 완벽한 여름밤이었다.

출발했을 때 벌써 11시가 넘은 터라 도로는 한산했다. 우리는 북부간선도로를 타고 서울을 빠져나왔다. 4차선 도로 양옆의 가게들은 대부분 영업을 마친 뒤였고 가끔 보이는 편의점이나 햄버거 가게 정도만 불을 밝히고 있었다. 정연은 그 풍경을 멍한 얼굴로 바라봤다. 아마 성록의 생사를 점치고 있지 않을까 싶었다. 그건 나도 마찬가지였다. 나는 마음속으로 성록이 살아 있기를 기원했다. 한밤중에 이혼한 며느리에게까지 전화를 건 그의 모친이며, 그가 이제 삼십 대 중반이라는 걸 생각하면 자연히 그렇게 됐다. 또 한편으로는 죽음으로 인해 정연의 기억 속에서 그가 미화되는 걸 바라지 않기도 했다. 젊은 나이에 사망한 사람은 보통 낭만적으로 기억되곤 하니까. 제임스 딘도 말론 브랜도를 따라 하던 그저 그런 배우였는데 요절해버린 탓에 청춘의 상징이 됐다고들 하지 않나. 물론 성록은 제임스 딘만큼 젊지도 잘생기지도 않았지만.

차고가 낮은 스포츠카가 굉음을 내며 우리를 앞질러 갔다. 우리 차는 최근에 자주 그랬듯 속도를 높이거나 브레이크를 밟을 때마다 삐거덕거리며 고양이 울음소리를 냈다. 그 아침에 정연을 이 차로 출근시켜주면서 나는 이제 그만 우리의 카니발을 보내줘야 한다고, 이미 15만 킬로미터를 달려온 어르신에게 존엄사를 선사해야 한다고 농담을 했었다. 아마 우리는 한동안 그런 농담을 주고받지 못할 것이다. 그러자 새삼스럽게도 이미 모든 것이 결정됐다는 생각이 들었다. 정연은 성록이 오전에 서핑하러 가서 한밤중까지 돌아오지 못했다고 전했다. 거기에 다른 가능성은 없는 듯했다. 나는 그동안 훔쳐봤던 성록의 이미지들을 떠올렸다. 그가 높은 파도가 만들어낸 궁륭 아래로 들어가거나 거센 물결 위로 올라서는 영상들. 서프보드를 들고 모래사장을 달려 파도로 뛰어드는 뒷모습 같은 것들을. 그는 파도의 움직임을 완벽하게, 거의 본능적으로 이해하는 것 같았다. 그래서일까, 나는 단 한 번도 그가 하는 일이 위험하다고 생각하지 않았다.

 내가 성록의 인스타그램을 찾아낸 건 정연이 이혼한 과정을 내게 들려준 직후다. 그날 밤, 나는 이미 맞팔로우 되어 있던 정연의 계정을 훑으며 전남편의 흔적을 찾으려 했고, 나중에는 정연의 팔로워의 팔로워를 경유하며 전남편으로 보이는 계정을 탐색했다. 정연이 어떤 남자를 좋아했는지, 내가 그 남자와 비슷한 구석이 있는지 알고 싶었다. 그러다 마침내 김성록이란 이름의 계정을 찾아내고 나서는 무척 실망했다. 성록은 큰 키에 구릿빛 피부, 적당한 근육과 잘생긴 얼굴을 모두 갖춘 남자였고, 나와는 완전히 달랐다. 그날 이후로도 나는 그의 인스타그램을 자주 구경했다. 어쩌면 최근의 그에 대해선 정연보다 내가 더 잘 알고 있을지도 모를 정도로. 정연은 그가 직장을 그만두고 모친과 함께 게스트하우스를 운영하고 있다고만 전했지만, 정확히 말하자면 성록은 어머니가 혼자 운영해오던 게스트하우스를 서퍼들을 위한 공간으로 탈바꿈하는 작업을 한 듯했다. 나는 피드를 통해 그가 '오션뷰 게스트하우스'의 간판을 내리고 '서퍼스 비치' 간판을 내거는 사진이며 게스트하우스 로비를 서핑용품 대여점을 겸하는 휴식 공간으로 만드는 과정을 지켜봤다. 오버올 작업복을 입고 전동 드릴을 들고 있는 성록도. 올해 초부터 성록은 서핑 강사로도 일하기 시작한 듯했고, 적어도 일주일에 한두 번은 서핑과 관련한 사진과 영상을 게시했다. 나는 사무실 화장실에서, 출퇴근길의 미어터지는 전철에서 서핑하는 성록을 감상하곤 했다. 그러고 있노라면 정연이 그와 헤어지고 나를 만난 이유가 궁금해졌고, 그러면 다시 성록의 이미지를 좇게 됐다. 일종의 사이클이었고, 나는 이 악순환에서 벗어나는 길을 잃어버린 것 같았다.

"잠깐만." 차에 타고 나서 제법 오랫동안 침묵을 지키던 정연이 말했다. "휴게소에 좀 들를 수 있어? 나 화장실 가고 싶어."

나는 그러자고 대답했다. 잠시 뒤 머리 위로 5킬로미터 앞에 휴게소가 있다는 안내판이 지나갔고, 나는 가장자리 노선으로 차선을 변경했다. 곧 우리의 카니발이 끼익거리며 휴게소 진입로로 들어섰다. 휴게소는 거의 텅 비어 있었다. 간식거리를 파는 가게나 식당은 모두 문을 닫은 뒤였고 불이 켜져 있는 곳은 화장실과 편의점뿐이었다. 나는 정연이 화장실로 들어가는 걸 지켜본 다음 편의점으로 가서 캔 커피들이 진열된 냉장고 앞에 섰다. 바리스타인 정연이 봤다면 질색했을 음료들이었다. 정연은 커피와 커피 아닌 것을 철저히 구분하곤 했다. 까맣게 태운 원두로 내린 쓰디쓴 아메리카노는 정연에게 커피가 아니었다. 그건 카페인을 헹군 물 같은 거였다. 뜨거운 물에 타 마시는 인스턴트커피, 캔 커피도 모두 마찬가지였다. 나도 언젠가부터는 그런 커피들을 잘 안 마시게 됐는데, 정연의 말처럼 그것들이 너무 달거나 너무 쓰다는 걸 알게 됐던 것 같다. 하지만 잠이 오기 시작했고 도로는 어둡고 단조로웠으므로 지금은 별수가 없었다. 나는 바닐라라테 캔을 골라 계산했다. 정연은 휴게소 앞 테이블에 앉아 있었다. 아마 나를 기다린 것이겠지만 상체는 텅 빈 주차장 쪽을 바라보고 있었고, 테이블 위엔 아무것도 없었다. 나는 정연을 불러 뭘 좀 마시겠느냐고 물으려다가 몇 달 전에 정연의 가게로 찾아왔던 남자를 문득 떠올렸다. 외근을 마치고 현지 퇴근 한 뒤 차를 몰고 정연의 카페로 갔던 날이었다. 웬 남자가 마감 시간이 지난 가게에 남아 있었는데, 그의 앞엔 아무것도 없었다. 내가 들어가 에스프레소 머신을 끄고 있던 정연을 부르자 그는 천천히 가방을 집어 들고 가게를 나갔다. 내가 그에 대해 뭐라고 묻기도 전에, 정연은 전에 잠깐 만났던 남자가 무턱대고 가게로 찾아왔다고 상황을 설명했다. 그때 나는 정연의 말을 믿었다. 정연은 카페를 혼자 운영했고, 그건 곧 문 열린 가게로 누군가 들어오는 걸 막을 방법이 아무것도 없다는 뜻이어서, 정연은 한 번씩 불쾌한 일을 겪곤 했다. 주문하지 않고 자리를 차지하는 사람들, 매일 같은 시간에 찾아와 전도하는 종교인들, 그리고 정연에게 추근대는 남자들⋯⋯. 나는 그날도 그런 일이 일어났다고만 생각했다. 정연의 얼굴에 조금의 아쉬움이나 애틋함도 남아 있지 않았기에 그렇게 믿을 수 있었다. 무엇보다, 나는 정연이 결혼 생활에 조그만 풍파도 더하고 싶어 하지 않는다고 생각했다. 정연은 행복하다고 자주 말했고, 정말 그렇게 보였다. 정연을 오래 알고 지낸 친구들은 정연이 이제껏 본 중에 가장 안정되어 보인다고 말하곤 했다. 하지만 다시 차에 타고 시동을 거는 동안 나는 잊어버리고 있었던 한 가지 사실을 떠 올렸다.

"이혼하고 누굴 제대로 만난 적이 없다고 하지 않았어? 날 만나기 전까지 말이야."

정연은 고개를 돌려 나를 멍하니 바라봤다. "맞아. 갑자기 왜?"

"전에 가게로 찾아온 사람은 그럼 언제 만났는데?"

정연이 아, 하고 짧게 탄성을 내뱉었다.

"아, 그 사람. 아주 잠깐 만난 사람이야. 그때 다 얘기했잖아."

"잠깐 만난 사람인데 가게까지 찾아온다고?"

"정말 잠깐 만났고, 너 소개받기 전에 헤어졌어. 그게 다야." 정연은 작게 한숨을 내쉬었다. "좋은 사람이 아니었어. 그렇게 가게로 찾아와서 앉아 있던 걸 보면 모르겠어? 나는 그런 남자들이랑은 이제 다 끝내버렸어. 그리고 널 선택했잖아. 이게 내 결론이야. 그리고 나는 이거 해피 엔딩이라고 생각해."

차창 밖의 어둠 때문에 해피 엔딩이라는 말은 어쩐지 좋지 않은 뉘앙스로, '해피'보다는 '엔딩'에 방점을 찍는 말처럼 들렸다. 한편으로는 그날의 대화가 기억났는데, 정연은 그때도 남자가 전남편과 비슷한 '한남'이었다고, '그 사건'이 있은 뒤로 자기는 이제 '그런 남자'들과는 어떤 일도 하지 않기로 결심했다는 이야기를 했었다. 실제로 정연은 그 사건, 그러니까 성록이 정연을 때린 날 이후로 언제나 그 비슷한 일이 일어날 가능성을 떠올리게 됐다고 말했었다. 성록이 언제든 자신을 때릴 수 있다는 생각, 그가 자신보다 훨씬 더 크고 무겁고 강하다는 생각. 그 생각은 아주 작은 가시처럼 마음 깊은 곳에 박혔고 온전히 제거할 수가 없었다. 정연은 그에게 불만이 있거나 화가 날 때도 바로 그 가능성 때문에 의견을 표현하길 꺼렸다. 그리고 그건 공평한 관계가 아니었다. 정연이 바란 결혼 생활도 아니었다. 정연은 바로 그 이유로 인해 이혼하게 됐다고 내게 설명했다. 그리고 그런 면에서 내가 성록과 달라 기쁘다고 말한 적도 있었다.

"너랑 있으면 안전해."

신혼집으로 이사한 뒤 처음 취하도록 술을 마신 날에 정연은 말했다. 당시에 나는 그 말을 긍정적으로 받아들였다. 나는 성록과는 달리 폭력적이지 않다는 뜻으로만 이해했다. 하지만 정연은 성록과 헤어지고도 그와 비슷한 남자와 데이트를 했었다. 그리고 지금은 성록의 사고 소식에 망연해하고 있었다.

"있잖아. 양양에 가는 거 좋은 생각이 아닌 것 같아." 나는 휴게소를 빠져나가 양양고속도로로 합류하는 짧은 길을 바라보면서 말했다. "가도 할 수 있는 일이 없잖아. 우리가 직접 수색을 할 수도 없고."

정연은 천천히 고개를 끄덕였다. "맞아. 이만 돌아가는 게 좋겠어."

정연은 그렇게 말하고 의자 등받이에 몸을 기댄 다음 창밖 풍경을 바라봤다. 불 꺼진 가게들, 아무런 움직임 없는 주차장을. 그리고 나는 문득 내가 가장 중요한 걸 단 한 번도 묻지 않았다는 생각을 했다.

"카페로 찾아왔던 남자 말이야. 정확히 언제 만나서 언제 헤어진 거야?"

"그걸 지금 왜 물어봐?"

"중요한 문제니까. 그리고 나한텐 그걸 물어볼 자격이 있으니까."

"오래됐어. 당신을 알게 되기도 전이야." 정연은 여전히 정면을 응시하면서 말했다. "이혼하기 전에."

"그러니까…… 당신이 외도를 했었다는 거네."

"설명하자면 길어. 그리고 이혼하기로 합의하고 나서 만난 거야." 잠시 뒤 정연은 '그 사건', 그러니까 성록이 정연을 때린 일의 여파로 그와의 관계에서도 비슷한 문제를 느꼈다고 말했다. 그와 단둘이 있을 때면 남자가 자신을 때릴 가능성을 생각하게 됐으며, 그가 은연중에 내비쳤던 어떤 모습들이 그에 대한 힌트가 되는 것 같았다고. 운전 중에 욕을 하거나 군대에서 후임들을 벌주었던 이야기, 채식주의자를 경멸하는 태도 같은 것들이 하나의 실로 꿰어진다는 생각까지 들었다고 말했다.

"너랑 있으면 그런 생각이 들지 않아서 좋았어. 하지만 그렇기 때문에 너를 좋아한 건 아니야. 너도 잘 알잖아?"

나는 대답하지 않고 정연의 옆얼굴을, 내가 한눈에 반했고 지금도 여전히 아름답다고 여기는 뺨과 코와 턱을 바라봤다.

"그러니까, 전남편도 전 애인도 널 때릴 것 같았는데, 난 안 그럴 것 같다는 거야?"

나는 그렇게 물었지만, 묻기 전에도 답을 이미 알고 있었다. 정연이 내게 주눅 들거나 위축되어 있다는 생각을 나는 해본 적이 없었다. 두 사람 중 누군가 눈치를 보고 있다면 차라리 내 쪽이었다. 정연이 나를 어떻게 생각하는지, 나를 정말 좋아하는지 늘 확인하고 싶어 했으니까.

"그래. 그게 어쨌다는 건데?"

정연은 날카롭게 쏘아붙였다. 나는 정연의 말에 대꾸하지 않다가 잠시 뒤 물었다.

"여긴 사람도 거의 없고, 나랑 단둘이 차에 있고, 나는 무척 화가 났어. 내가 무섭지 않아? 내가 너보다 힘이 세고 더 크고 무겁고, 그리고 그걸 너도 알잖아."

"그만해."

"내가 무섭지 않으냐고 물었어. 대답해." 나는 말했다. "나를 남자라고 생각하기는 해?"

정연은 한동안 입을 다물고 있다가 나를 바라봤다. "그래서 날 때리고 싶어?"

내가 뭐라고 대답하기도 전에 정연의 휴대전화가 요란스럽게 진동했다. 정연은 전화를 받았다. 통화 내용이 내게까지 다 들려왔다.

"보드를 찾았어. 부서진 보드." 전화 너머에서 나이 든 여자가 말했다. "상어가 그려진 보드."

그건 며칠 전 인스타그램에서 내가 보았던 성록의 서프보드였다. 이제 성록의 죽음이 확실해진 셈이었다. 잠시 뒤 통화를 마친 정연이 내게 말했다.

"나는 양양까지 가고 싶어. 가야겠어. 성록 씨가 아니라 그 사람 어머니 때문에 하는 말이야. 그리고 거기까진 내가 운전하는 게 낫겠어."

정연은 그렇게 말하고 차 키를 뽑아 들었다. 우리는 자리를 바꿨다. 정연은 능숙하게 차를 출발시켰고, 우리 차는 삐거덕거리면서도 거침없이 어둡고 긴 도로를 달렸다.

서퍼스 비치는 양양의 해변을 바라보는 자그마한 건물이었다. 사진으로 보았을 때보다 더 작아 보였다. 1층 로비엔 불이 켜져 있었고, 직원 하나가 프런트를 지키고 있었다. 우리가 들어가자 직원은 곧 정연을 알아보았다.

"사장님은 안 오셨어요. 해변에서 계속 뭘 하신다고……."

직원은 말했다. 그에게도 이 상황은 무척 곤욕스럽고 슬픈 듯했다. "어느 쪽 해변으로 가셨어요?"

"해맞이길 방향이요."

정연은 고개를 끄덕였다. 이쪽의 지리를 잘 알고 있는

것 같았다.

"빈 방 있으니까 좀 쉬셔도 돼요."

직원은 조그만 플라스틱 서프보드가 달린 열쇠를 정연에게 건넸다. 정연은 그걸 받아서 내게 넘겨주었다.

"난 성록 씨 어머니 있는 데 한번 가볼게. 방에서 좀 쉬어."

내가 열쇠를 받자마자 정연은 건물 밖의 어두컴컴한 해변가로, 음악 소리가 들려오고 불빛이 반짝이는 쪽으로 걸어갔다. 멀리서 번쩍거리는 조명이 구조대가 수색을 하며 밝힌 조명인지, 해변가에서 열린 파티의 잔광인지 알 수 없었다. 정연이 걱정됐지만 정연을 따라가야겠다는 생각은 들지 않았다. 정연은 나와 떨어져서 성록의 사고 현장에 가보고 싶어 하는 것 같았고 나도 정연과 함께 있고 싶지 않았다. 나는 직원이 건넨 열쇠에 적힌 호수를 확인한 다음 열쇠고리를 잘그락거리며 계단을 올랐다. 방은 복도 맨 끝에 있었고 거기까지 걸어가는 동안 우리 차에서 들려오는 것과 엇비슷한 소리가 들렸다. 새끼 고양이가 낼 법한 울음소리. 그러나 그건 고양이가 내는 소리가 아니었다. 누군가 섹스를 하고 있을 뿐. 나는 방으로 들어갔고 문을 잠갔다. 조용한 곳에서 아까 정연과 나눈 이야기를 다시 잘 생각해볼 작정이었다. 하지만 누군가 문을 두드렸다. 내가 문 쪽으로 겨우 세 걸음쯤 내딛는 동안 아주 시끄럽게, 마치 드럼을 치듯이. 문을 열자 화려한 트렁크 수영복 차림을 한, 내 또래 남자가 서 있었다. 나는 그를 알아볼 수 있었다. 내가 이때껏 염탐해온 남자, 성록이었다. 성록은 나를 밀고 방으로 들어오더니 문을 잠갔다. 그의 온몸은 젖어 있었고, 그가 움직일 때마다 물과 모래가 바닥으로 떨어졌다. 나는 성록을 가만히 바라봤다. 그는 방의 양 끝에 하나씩 놓인 싱글 침대 중 하나를 골라 앉았다. 그의 몸이 닿은 부분이 젖으며 시트에 짙은 얼룩이 번져갔다.

"여태 어디 계셨던 건가요?"

나는 물었고 그는 대답 대신 빙그레 웃었다. 나는 그의 발목에 긴 줄이 감긴 걸 알아봤다. 그건 서프보드의 리쉬였다. 그 명칭을 알게 된 건 나중의 일이지만, 보드와 서퍼를 연결해주는 줄이란 건 당시에도 대충 알고 있었다. 성록의 발목에 묶인 리쉬 끝에는 붉은색 서프보드 조각이 매달려 있었다. 나는 선 채로 그걸 내려다보다가 맞은편 침대에 주저앉았다.

"어머니한테 가보셔야 하지 않아요? 종일 찾으셨는데."

성록은 이번에도 내 질문에 대답하지 않았다.

"그것보다, 나한테 묻고 싶은 게 있지 않아요? 김정연에 대해서."

그는 그렇게 말하고는 눈썹을 추켜세웠다. 마치 내게 술 같은 걸 권하는 듯한 표정이었지만 그의 손에는 아무것도 없었다.

"그쪽한테 물어볼 일은 아니죠."

"혹시 제가 한 대 때려서 이혼했다, 그런 얘길 들으셨나요?"

나는 대답하지 않았다.

"맞아요. 제가 때렸어요. 딱 한 번. 그리고 여자들은 보통 이럴 때 남자가 의처증 같은 게 있다고들 하죠. 그런 경우가 실제로도 많을 거고요. 근데 저랑 정연이는 아니에요. 김정연이 실제로 외도를 했으니까. 그 남자가 가게로도 몇 번 찾아갔을 텐데."

나는 곧 그 남자를 떠올렸다. 진회색 정장을 차려입고 있던, 서류 가방을 들고 정연의 카페를 나서던 남자. 그리고 내가 그렇게 생각하자마자 성록은 무언가를 눈치챘다는 듯 발작적으로 웃음을 터뜨렸다. 그러고는 침대에서 벌떡 일어나 두 침대 사이를 어슬렁댔다. 그가 걸을 때마다 그의 발목에 걸린 리쉬와 거기 매달린 반파된 서프보드가 질질 끌리며 덜그럭거렸다.

"이미 알고 있네. 본 적 있죠? 그 남자 김정연보다 다섯 살 어려요."

성록이 내 앞에 바짝 붙어 서서 말했다. 그의 가슴에 붙어 있던 모래가 내 위로 떨어졌다.

"저랑 이러고 있을 때가 아니지 않아요? 당신을 찾겠다고 사람들이 고생하고 있어요."

나는 그렇게 말했지만, 말하면서도 이미 그럴 필요가 없다는 생각을 했던 것 같다.

"그냥 오해를 좀 풀고 싶어서요. 내가 잘했다는 게 아니라. 여자를 때리는 건 나쁜 일이죠. 남자가 할 짓이 아니에요. 하지만, 정말 화가 나는 순간이 있잖아요. 나는 그게 다예요. 그리고 우리가 이혼한 건, 김정연이 바람이 났기 때문이지, '그 사건' 때문이 아니에요."

성록은 방 한가운데 서서 중얼거렸다. 감정이 한결 누그러진 듯했다.

"어쨌든 지나간 일이죠. 그리고 그 남자랑 정연이랑은 다 끝났어요. 더 이상 그쪽이 관여할 일도 아니고요."

나는 그렇게 말하고 성록이 끌고 다니는 서프보드를 내려다봤다. 부서진 단면이 너덜너덜했다. 누군가 한번 씹다 뱉은 것처럼. 갈라진 플라스틱 조각 사이로 하얀 삼각형 두 개가 보였다. 붉은 바탕에 흰 삼각형. 곧 나는 그것이 서프보드에 프린트되어 있던 상어의 이빨이란 걸 알아봤다.

"어 혹시, 바다에서 상어라도 만났나요?"

나는 그렇게 물었고, 성록이 대답하기도 전에 내 가정이 사실이라는 걸 혼자서 깨달았다. 성록은 상어를 만났던 것이다. 나는 고개를 들어 성록을, 성록의 유령을 올려다봤다.

"맞아요. 아주 큰 상어였어요." 성록은 그렇게 말하며 미소 지었다. 자신의 경험이 아주 자랑스럽다는 듯이. "당신도 상어를 좋아하죠?"

나는 고개를 끄덕였다.

"어릴 때 좋아했죠. 어릴 땐 다들 그런 걸 좋아해요. 상어, 악어. 아니면 호랑이나 사자."

"맞아요. 크고 무서운 동물들을 좋아하죠. 저도 그랬어요. 특히 상어라면 환장을 했죠."

어린 시절에 상어를 좋아했다는 것. 그것이 나와 성록의 거의 유일한 공통점 같았다.

"상어를 본 적 있어요?"

"어릴 때 아쿠아리움에 갔었어요. 전에는 상어가 한 번도 무섭다고 생각하지는 않았는데 거기서 보고 겁에 질렸죠. 거기서 사온 상어 인형을 침대 밑에 숨겨뒀던 게 기억나네요. 그런데도 인형을 버리진 않았어요. 상어는, 아주 멋졌으니까." 나는 그렇게 말하며 서핑 중인 성록을 공격하는 거대한 상어를 상상했다. "실제로 만나니 어떻던가요?"

"엄청나게 크고 사납더라고요." 성록은 회상하듯이 잠깐 눈을 감았다. "그리고 아주 멋졌어요. 잘생긴 놈이었어요."

"그래서 다들 상어를 좋아하나 봐요."

성록은 고개를 끄덕였다.

"상어는 물밑 어딘가에 있어요. 하지만 수면 위에선 도저히 상어에 대해 짐작할 수 없어요. 어디에 있는지, 얼마나 크고 위험한지, 또 얼마나 배가 고픈지. 하지만 서퍼들은 다들 상어를 기대하죠. 한 번쯤 보고 싶어 해요."

"저는 서퍼가 아니에요."

나는 그렇게 대답했다. 잠시 뒤 성록은 문을 열고 먼저 방을 나섰다. 리쉬에 매달린 서프보드를 덜그럭거리면서. 그리고 나는 곧 이곳을 떠나야 한다는 걸, 어둡고 넓은 해변으로 나가 내 아내 정연을 만나야 한다는 걸 알았다. ■

이미상

일일야성—一日野性

2018년 웹진 『비유』 등단.
소설집 『이중 작가 초롱』, 『잠보의 사랑』, 『셋붕이의 도』.
〈젊은작가상 대상〉〈문지문학상〉〈이효석문학상〉 수상.

일일야성—日野性

 남편이 마음을 먹기 전까지는 희망이 있었다. 문제의 다짐은 이른바 남성성 상실과 관련된 것이었다. 엄밀히 말하면 남편의 자발적인 존재 축소가 아내에게 미치는 영향에 관한 건件.

 부부 사이인 운주와 경수는 마흔세 살이었고 그 나이는 이십칠 세가 그러하듯 의미심장했다. 늙음을 일찍 뒤집어쓰고 싶어지는 나이. 스물일곱 살 때 운주는 서른 살이라고 하고 다녔고, 오늘날 경수는 병원에서 전립선 질환을 앓는 오륙십 대들 사이에 끼어 자신도 '내일모레면 오십'이라고 너스레를 떤다. 늙는 것이 두려운 나머지 미리 늙어버려 노화의 공포를 잊으려는 것이다. 제일 먼저 몽둥이에 엉덩이를 대는 겁에 질린 아이처럼.

두 사람은 얼핏 나이 먹는 일에 초연해 보이지만—적어도 '젊어 보이려는 사십 대'의 전형인 동년배들보다는—중년의 위기를 겪기는 마찬가지였다. 다만 극복의 방식이 다소 독특했다. 이십 년 전 홍대 앞 라이브 클럽에 다닐 적에 좋아했던 밴드의 재결성 공연에 갈 뿐 아니라 슬램 존에 뛰어들어 뼈가 부러져 나오는 친구들처럼 옛 취향을 현재로 불러들이는 쪽은 아니었다. 청년기를 복각하기 위하여 경수는 미래로 갔고 운주는 과거로 갔다. 각각 변화와 추억을 시간 터널로 삼았다고 말할 수도 있을 것이다.

경수는 작년부터 시민 강의/세미나 큐레이션 서비스를 받기 시작했다. 사설 강의와 달리 시민 강의/세미나는 참가비가 무료거나 오천 원을 넘지 않았지만 행사장에는 늘 아는 얼굴들뿐이었다. 독립 서점, 협동조합, 국회의사당 간담회실. 뒷줄 의자가 텅 비던 그곳을 새로운 사람으로 채운 것은 지식의 민주화와 공론장의 확장이라는 가치가 아니라 상업화였다. 아이러니하다고 말할 것 없이 많은 꿈이 그렇게 이루어진다.

콘텐츠 큐레이션 회사가 시민 강의/세미나에서 수익을 뽑아낼 방법을 찾았다. 이용자들에게 월정액을 받고 각자의 취향에 맞는 강의를 선별하여 시간표를 짜줬다. 시간표 디자인은 의도적으로 유치했고 이름도 초등학교의 '방과후 활동'을 모방해 '퇴근 후 활동'으로 붙였다. 교양과 노스탤지어의 결합. 교양을 쌓는 실용적인 이득과 어린 시절 해가 져 어둑한 운동장을 쓸쓸히 걷던 몽글몽글한 기억의 뒤섞임이 셀링 포인트였다. 그것은 한때 성인들 사이에 유행한 구몬 학습지가 재미를 본 레시피이기도 했다. 그리하여 텍스트 힙 열풍이 지나고 시민 강의/세미나의 차례가 왔다.

 이번 주 춤을 추는 역덕님을 위한 퇴근 후 활동 시간표
 월 20:00 존 로스의 근대 초기 한국어 교재 개발 강의(오프만 가능, 무료)
 수 19:30 가자 지구 집단 학살 규탄 세미나(온/오프 가능, 단체 회원 무료, 비회원 5천 원)
 토 14:00 영화 속 그 차들―〈원스 어폰 어 타임 인 아메리카〉(1984)에 나오는 클래식 카(온/오프 가능, 무료)

 돈벌이의 최종 지점이 어디여야 하는지 아는 큐레이션 회사는 돈뿐 아니라 사람도 빼돌렸다. 비슷한 강의를 들은 회원들을 묶어 밖에서 따로 뒤풀이를 짜줬다. 그리하여 수요일에 가자 지구 세미나를 들은 사람들은 토요일에 팔레

스타인 연대 집회에 나가는 대신 남영동의 와인 바에서 레몬치즈파스타(이만 이천 원)를 먹으며 네타냐후와 나크바에 대하여 토론했다. 그러나 그런 인간들 중에서도 꽃처럼 피어나는 이가 있었으니 경수가 그랬다. 그는 강의를 듣고 진정으로 변하였다.

경수가 자기 입으로 페미니스트라고 말한 적은 없지만 운주가 보기에는 그게 되었고 같이 사는 입장에서 불편했다. 앉아서 소변을 보는 것은 괜찮았으나 그동안 소변 방울을 튀기고 산 세월을 만회하기 위하여 생리대 심부름을 하겠다며 화장실 수납장을 열어서 생리대 브랜드를 꼼꼼히 조사해가는 데는 짜증이 났다. 그러나 나중에는 수건 옆에 '입는 생리대'를 꼬박꼬박 채워놓는 남편에게 고마움을 느끼게 되었다.

"고맙다고 말하면 안 돼." 경수가 운주에게 충고했다. "당신은 받는 연습을 해야 해. 쉽게 고마워하지 말아야 해." 구정을 앞두고는 부모에게 전화해서 못 간다고, 아니 안 간다고, 왜 운주가 거기 가야 하느냐고 어머니와 아버지도 이제 정신을 차리시라고 깨어나시라고 소리를 질렀다. 언젠가 술자리에서 친구가 대체 생리대 심부름이 페미니즘과 무슨 상관이냐고 묻자 경수는 "나는 아직 초급반이니까……." 하며 수줍어하였다.

저 인간은 십 년 동안 누구와 산 거지?

운주는 생각했다.

남편이 절절매는 것을 보고 있으면 꼭 자신이 그를 위해 참고 살아온 것처럼 느껴졌다. 자기를 죽이고 남편만 떠받드는 손바닥 같은 삶. 희생적이고 유순한 생활. '내가?' 운주는 생각했다. 어릴 적에 운주는 거칠었다. 본드까지는 가지 않았지만 어린 알코올중독자 정도는 되었다. 중학생 때 처음 배운 술에 중독되어 이틀에 한 번꼴로 두꺼비를 두 병씩 마셨다. 냉장고 문을 열고 과일 칸에 오줌을 쌌다. 여자와는 초5 때, 남자와는 중3 때 끝까지 갔다. 그런데 순진해 빠진 남편이 나한테 사과를 해? 운주는 사과할 일을 저지르면 저질렀지, 사과를 받고 싶진 않았다. 그것은 순치되었다는 것을 의미했다―강의 덕분에 어휘의 양이 는 남편은 이렇게 말했을 것이다.

경수는 매일 밤 자기 방에서 강의에서 만난 동지들과 줌으로 자조 모임을 가졌다. 그들은 여러 방향에서 조롱을 받았으나―여자들 가랑이 사이를 기는 놈들, 어차피 자기 에고를 부풀리는 짓―핍박이 그들을 더욱 강하게 만들었다. 스스로를 변혁하려는 그들은 진지하고 산뜻한 에너지를 발했다. 펠리컨의 부리처럼 앞으로 쭉 모인 그들의 몰두에는 감동적인 구석이 있었다. 방에서 무알코올 맥주를 마시며 동지들과 마음을 나누고 결의를 다지고 크게 웃고 크게 울다 모임이 파하자마자 바로 달려 나와 지금 이 순간부터 '시댁'이 아니라 '시가'로 용어를 정정하겠다고 맹세하는 경수의 모습이 운주의 마음에 잔잔한 파동을 일으켰고 파동이 아래로 내려가 모처럼 거기를 수축시켰다.

"삼삼칠 박수 쳐줘." 운주가 말했다.

경수가 무릎을 꿇었다.

"충남에서 공무원 생활을 하는 우제라는 친구가 있어."

"내가 우제를 몰라?"

"어, 몰라. 네가 알던 사람이 아니니까. 우제가 채식주의자가 되었어. 구제역 파동 때 살처분 현장을 목격하고는 다시는 육식하지 못하는 몸이 되었어. 어떤 것은 알게 되면 과거로 돌아갈 수 없어. 머리로는 그럴 수 있을 것 같은데 몸에서 아예 안 받아버려. 나에게도 불가역적인 변화가 일어났어."

우제는 여름마다 보양식으로 염소탕과 낙지탕탕을 먹는 사람이었다.

"며칠 전에 드라마에서 키스 신이 나오는데 토해버렸어. 남자 주인공이 여자 주인공의 입에 혀를 집어넣는데 역겨워 견딜 수가 없었어. 강제로 한 것은 아니었어. 하지만 넣는다는 것, 내 것을 남에게 넣는다는 것 자체가 역겨워. 이제 나는 영원히 키스 신은 못 봐. 그리고 성기 삽입 성교도 하지 않아, 영원히."

"열받게 하지 마라." 운주가 말했다.

"사람들과 이야기를 나누며 알게 되었어. 내가 얼마나 당신에게 나를 집어넣어 왔는지. 당신이 책을 읽고 있을 때면 나는 물을 떠 오라고 시켰어. 그러면 당신은 책을 덮고 물을 가져왔어. 그런 나쁜 것들. 내가 당신에게 뱉은 말, 쏜 눈빛, 준 눈치 같은 것들이 당신의 뱃속에서 촌충처럼 우글거리는 것이 보여. 엑스레이를 찍은 듯 훤히 보여. 그것들이 쌓여서 당신으로 하여금 의지를 꺾고 꿈을 버리게 하고 나에게 종속시킨 것이겠지. 그런 생각을 하면 미칠 것 같아. 하지만 나에게는 자책에 머무를 시간이 없어. 이제부터라도 잘못을 바로잡을 거야. 지금 이 순간부터 나는 당신에게 영향을 미치지 않아. 나를 주입하지 않아. 우선 가장 쉬운 페니스부터."

운주가 기억하기에 경수는 물을 떠 오라고 시킨 적이 없었다. 어떤 여자를 어떻게 착취하며 살아왔다는 것일까. 바라는 착취에 맞추어 새로이 창조되는 아내. 운주는 경수의 머릿속 아내와 자신을 일치시킬 수 없었다.

"다른 여자 생겼니?"

"성교는 못 해도 안마는 할 수 있어. 표면은 맴돌 수 있어."

경수가 매운 향이 나는 마사지 오일의 뚜껑을 열며 말했다.

그날 새벽 세시에 운주는 중학교 동창 선숙에게 연락해 남편 때문에 그러니 며칠만 재워달라고 부탁했다. 연락하지 않은 지 오 년이 넘은 친구였다. 남편이 자신에게 뒤집어씌운 참고 사는 여자의 이미지를 벗고자 즉흥적으로 취한 연락이었다. 운주는 무례하고 충동적인 자신을 젊게 느꼈다.

마흔이 넘어서까지 사람을 때리지는 않겠지, 하는 생각은 메시지를 보내고 뒤늦게 떠올랐다. 운주는 선숙에게 중학교 3학년 겨울방학 때 한 번 맞은 적이 있었다. 다른 애들이 맞은 횟수에 비하면 이례적인 특혜였다. 단짝에게 베푸는 선심이었다. 선숙이 메시지를 작성 중임을 뜻하는 표시가 떴다. 막상 만날 생각을 하자 귀찮아져 연락처를 차단하려는데,

—출근 중. 집으로 와.

*

대학원에 다닐 때, 운주는 학교 도서관에 비치된 신문에서 서울의 동별 인구밀도를 점으로 나타낸 지도를 본 적

이 있었다. 빽빽한 점들로 색이 짙은 서쪽 동네가 운주와 선숙이 함께 중학교를 다닌 곳이었다. 그 동네가 지도에서 어둑한 까닭은 공공 임대 아파트 단지가 밀집해 있기 때문이었다. 여덟 평 남짓한 집에 서너 명씩 모여 살기에 거주 인원이 많이 잡힌 듯했다. 그러나 학교를 쨀 오후에 임대 아파트에 사는 여러 친구의 집을 헤집고 다녔던 운주가 기억하기에 나무가 많은 그곳은 늘 한적했다.

둘은 고등학교 때 갈라졌다. 운주는 인문계, 선숙은 상업계에 진학했고 그러고도 붙어다녔다. 주변에서는 노는 물을 바꾸기 위하여 부모가 이사까지 감행한 운주를 선숙이 끌고 다닌다고 말했지만 속사정은 달랐다.

1989년에 노태우 정부가 영구임대주택 건설 계획을 발표하였고 90년대 중반에 서울 일부 지역에 대규모 공공 임대 아파트 단지가 준공되어 분양을 시작했다. 아파트가 들어서면서 갑자기 불어난 학생 인원을 수용하기 위해 새 중학교가 지어졌다. 임대 아파트에 사는 학생들은 학교가 생긴 직후에 입학했다. 그들로 교실을 반만 채웠고 남은 절반의 공간엔 빈 책걸상이 놓였다. 몇 달 뒤에 대단지 민영 아파트 여러 곳에서 동시에 입주가 시작될 예정이라 비워둔 것이었다. 육 개월 뒤, 하루에 전학생이 예닐곱 명씩 들어오더니 학기 말이 되자 임대 아파트와 민영 아파트 학생의 비율이 반반이 되었다.

 급하게 세운 학교는 운주가 전학할 때까지도 완공되지 않아서 골조를 갓 면한 건물의 왼쪽이 천으로 가려져 있었다. 학생들은 건설 노동자들과 함께 등교했으며 언제나 망치 소리가 들리고 무언가가 무너져 먼지가 피어오르는 것이 보였다. 학교 안으로 들어가면 더욱 노골적인 미완이 드러났다. 복도 끝 전면에 희고 두꺼운 비닐이 쳐졌고 그 뒤에서 일하는 사람들이 느리게 오갔다. 한 겹 가려져 반투명하게 보이는 공사 현장이 운주에게는 신비롭게 느껴졌고 거기로 넘어가면 시공간이 휘어져 다른 시대로 가는 것이 아닐까 상상하기도 하였는데……

 거기 끌려가면 맞는다고들 했다. 운주 같은 전학생이 선숙 같은 선주민에게 밉보이면 공사장으로 끌려가 반 죽는다고 했다. 실제로 그런 일은 거의 일어나지 않았다. 옆 동네에서는 그런 일이 벌어졌다. 공부하게 교실에서 조용히 좀 하라고 전학생이 혼잣말했다가 펜치 고문을 당했다. 흔하게 뺨 같은 데를 때리지 않고 펜치 사이에 손끝을 끼우고 집게로 눌렀다. 이후 전학생은 충격에서 헤어나오지 못하고 수술을 집도하는 의사처럼 양손을 뾰족하게 세우고 학교를 멍하니 돌아다녔다던데…….

 옆 동네에서는 그게 이쪽 동네에서 일어난 일이라고 믿

었을 것이다. 나중에 소셜 믹스social mix라는 단어를 알게 된 운주는 소문 속 고문 기구가 왜 펜치였을지 생각한 적이 있었다. 쥐 죽은 듯 사는 전학생 중에서도 특히 모범생들은 중학교만 졸업하면 쟤들과 분리될 것이라고, 쟤들은 공업고등학교에 가고 혹여 인문계에 진학하더라도 직업반에 다녀 실습을 나갈 것이라고, 그때부터는 영영 서로 다른 배를 탈 것이라고 살을 날리듯 생각하곤 했다. 펜치는 공고의 상징이었고 그것으로 십지를 짓뭉갠다는 상상은 학교폭력에 대한 실질적인 공포이자 육체노동을 하대하는 폭력의 은밀한 조기 연습이었다. 그들은 커서 육체노동이라는 말을 의심 없이 쓰게 될 것이었다. 그 노동 안에 담긴 지적인 요소는 모두 어디로 간 것인지 궁금해하지 않은 채.

좋아하는 가수, 저주하는 교사, 성격, 그리고 혈액형으로 노는 무리가 나뉘었다고 증언하길 바라겠지만, 현실은 대단히 명료하고 심플하여 같은 아파트에 사는 애들끼리 놀았다. 한 학교에 두 학교가 있는 듯 따로 놀았다. 다행히 4단지의 K가 전교 일등이었다. 운주의 새 운동화를 뺏어 신고 가출했다가 중간고사 날에 맞춰 돌아온 K—그 시험에서 올백을 맞았고 외고에 갔으며 남자친구가 준 오토바이를 타다가 퇴학을 당했고 현재 피부과 의사가 된—같은 예외도 있었지만 속된 말로 노는 애들은 거의 다 임대 아파트에 살았고, 청소년기를 거쳐온 사람이라면 누구나 알겠지만 그때는 노는 그룹이 상층이었다. 운주는 선숙의 무리에 끼고 싶었다.

운주의 원대한 꿈 : 교실 뒤편 서너 개 붙인 책상 위에 양반다리로 앉기. 중국집 배달 오빠들이 모는 시티백 뒷자리에 타기. 오토바이 머플러에 종아리 데기. 다음날 애들에게 화상 흉터를 보여주며 젖은 수건을 가져오라고 시키기. 운주는 폭주를 뛰고 싶었고 조리를 신고 싶었다. 조리 샌들이 유행하자 뉴스에서는 게다에서 유래한 신발이라며 일제 잔재의 무분별한 수용을 한탄했지만, 한겨울에도 조리를 신어서 발가락 사이로 눈이 떨어져 녹는 일이 자신에게 일어나길 바랐다. 선숙의 눈에 들어서 노는 그룹에 끼면 하반신에서만도 이렇게 신나는 일이 많이 일어나는데—화상 입은 종아리와 발가락에 떨어지는 눈송이—윗몸으로 올라가면 얼마나 무섭고 재밌는 일이 펼쳐질까! 꿈을 이룰 길은 셰에라자드가 되는 것이었다.

국산 전쟁 영화에서 제일 먼저 폭사당하는 인물, 죽을 때 진지해지기 위하여 죽기 전까지 오로지 웃기기만 해야 하는 비극적인 코믹 캐릭터처럼 굴어야 선숙의 무리에 낄 수 있었다. 삼촌이 연예인 매니저라고 속이고 지어낸 가짜

연예 뉴스를 지껄였다. 누가 누구의 애를 뱄고 어디서 뗐고. 누가 누구를 강간했고 매니저를 사주해 강간범을 살해했고. 그런 이야기를 서슴없이 한다는 것은 운주 자신을 위험에 빠뜨리는 일이기도 했다. 함부로 들어가도 될 애. 양념이 잘 배게 생선에 칼집을 내듯 자기 몸에 위험한 틈을 만드는 짓.

두 사람은 친해졌다. 선숙에게는 유명한 두 오빠가 있어서 고등학생들도 건드리지 못했다. "걔들 덕을 보는 게 나은지, 걔들에게 안 맞는 게 나은지 모르겠다니까. 시도 때도 없이 여동생을 무릎 꿇리면서 뒷배조차 되어주지 못하는 등신들도 있으니 우리 집 등신들이 나은 거겠지. 그런데 그 등신들은 싸움을 못하니까 우리 집 등신들처럼 아프게 때리지는 못할 테니 어떨 땐 남의 집 등신이 좋아 보이고." 운주에게 노래방 소파 틈에 쑤셔 박힌 휴지를 꺼내 냄새를 맡아보라고 시키며 선숙이 말했다. 선숙이 운주를 왜 받아주었는지는 알 수 없지만 둘의 우정이 운주의 자존감에 어떠한 이득이 되었는지는 분명했다. 잘사는데 잘 놀기까지 하는 아이. 운주는 선숙과 놀면서 그게 되었다.

수업시간에 운주는 선생님으로부터 무슨 딴생각을 그렇게 골똘히 하느냐고 핀잔을 듣곤 했다. 그때 운주는 다른 애의 눈으로 자기 자신을 바라보고 있었다. 그렇게 본 자신이 충격적으로 근사해서 넋이 나갔다. 전학 오기 전에 잠시 다녔던 옛 동네 중학교에서 있었던 일도 거의 잊혔다. 맞고 난 다음 날, 때린 애들에게 허리를 숙여 "안녕하세요." 인사했던 일 같은 거. 그렇게 인사하라고 시킨 거였다면 덜 비참했을 것이다. 운주는 '이러면 덜 맞겠지'라는 속셈조차 없이 개들을 보자마자 반사적으로 기었다.

그뿐만이 아니었다. 운주는 사십 평대 아파트에 살았고 냉장고 과일 칸에는 과일이 있었다. 산에서 술을 마실 때면 친구들은 운주에게 과일과 아빠 양주를 가져오라고 했다. 운주는 교복을 줄이지 않은 애들을 깔봤고 같은 아파트에 사는 한때 함께 등교했던 애의 뺨을 조리 바닥으로 때렸다. 선숙을 보면서는 집 냉장고의 과일 칸을 생각했고, 아랫집 애를 보면서는 빨간 조리 슬리퍼 바닥을 생각했다. 상대적 우월감이 양방향에서 밀려와 옛날의 초라한 운주를 가루로 만들어 흩어지게 했다.

운주의 부모는 매일 울었다. 학군으로 유명한 옆 동네로 갔어야 했다면서. 이사할 집을 고를 적에 여기 사십이 평과 거기 이십칠 평 아파트값이 같았고, 어차피 애가 공부 머리를 못 타고났고, 학구열 강한 동네에서 학부모로서 자존심이 상하기 싫어서 넓은 집에서 살고 싶다는 핑계로 이 동네를 선택했지만 십오 평을 얻고 치른 문화적 대가가 이렇게 클 줄 몰랐다고 울며 친구와 통화하는 아빠 또는 엄마.

"……밤마다 애를 잡으려고 시속 십 킬로미터로 골목을 누비고 다녀. 뒤에서 차들이 빵빵거려도 무시하고 차창에 얼굴을 붙이고 거리를 훑어. 며칠 전에는 애를 노래방에서 끌고 나왔는데 비디오방이 아니라서 다행이라고 생각했어. 그제는 애가 친구를 집에 데려와 재웠는데 오늘은 애 안 찾고 침대에서 자겠구나 싶어서 고맙게 느꼈어. 친구 아빠가 애를 장난 아니게 패서 집에 못 들어간다던데 배우고 싶더라고. 우리는 애 어릴 때 때리질 않아봐서 지금도 못하거든."

운주는 중학교 졸업 전에 이사했다. 부모의 결단이 있었다. 한 시절이 끝나가고 있다는 것을 운주도 느꼈다. 예전만큼 선숙이 대단해 보이지 않았고 학교를 쨴 오후에 드나들던 임대 아파트, 어른들 없이 비어 있는 것만으로 궁전 같았던 그 집들의 세간이 눈에 들어왔다. 문을 열면 바로 보이는 미닫이문 너머 안방의 개지 않은 이불을 보면 구역질이 났다. 술도 마실 만큼 마셨다. 이불을 치우고 둘러앉아 369 게임을 하며 들이켠 두꺼비, 여자끼리 마시는 날, 옷 벗기 게임, 복도 창문을 미친 듯이 두드리는 남자애들, 모르는 오빠들. 더 가면 위험해지리라는 것을 운주도 알았다. 오십 도짜리 빼갈을 먹고 강간을 당했다던 소문의 여자애가 코앞이었다. 무엇보다 운주는 여자상업고등학교에 다니는 자신을 한 번도 상상해본 적이 없었다. 노래방에서 놀고 밤 열두 시에 귀가해 과외수업을 받았다. 가까스로 내신성적을 올려 인문계 고등학교에 진학했다. 친구들은 같이 그렇게 놀아놓고 머리가 좋은가 보다고 놀렸다. 운주는 머릿속 자존감 트리에 '좋은 머리' 오너먼트를 매달곤 그에 비친 자신의 빛나고 굴곡진 얼굴을 황홀히 바라보았다.

운주는 고등학교 첫 시험에서 꼴찌를 했다. 이사한 동네에서는 잘살기는커녕 중간 축에도 못 꼈다. 손상된 자존심을 무엇으로 메울 수 있을까? 과일이 들어 있는 과일 칸으로? 새로 사귄 친구들의 냉장고 과일 칸에는 머리 좋아지는 값비싼 봉지 한약이 가득했다. 운주는 새 동네에 옛 친구들을 불러들였다. 오토바이를 타고 다녔고 머플러에 종아리를 데었다. 운주에게는 선숙이 필요했다. 살면서 초라함을 느낄 때마다 운주는 선숙을 통과하여 스스로를 고양했다.

―나도 부탁할 것이 있어.

선숙의 빌라로 가는 언덕을 오르며 운주는 선숙의 문자를 떠올렸다. 새벽 네 시 삼십팔 분. 하루가 시작하기도 전에 끝내버리려는 듯 하늘이 새까매지더니 갑자기 폭우가 쏟아졌다. 비탈을 따라 물줄기가 콸콸 내려왔다. 앞으로 나아가는 걸음을 막는 물줄기의 세찬 저항이 샌들을 신은 맨발 등에서 느껴졌다. 운주는 자신이 무엇 때문에 옛 친구를 찾는지 정확히 알았다. 옛날이야기를 하려는 것이었다. 그때 우리가 얼마나 겁이 없고 충동적이고 폭력적이고 부모를 울리고 상한 우유를 바로 들이켰는지. '맛이 갔나?' 생각하면서도 멈추지 않고 썩은 우유를 삼켰는지. 나쁜 시절을 함께 보낸 친구와 추억을 나누며 노스탤지어의 캠프파이어를 활활 일으키려는 것이었다. 왕년에 한가락 했다고 두고두고 떠들며 과거의 꿈속에 사는 사람처럼.

지문으로 지저분한 빌라 유리문을 밀며 운주는 오늘의 일일야성—日野性이 기다려졌다. 몇 년 사이에 유행한 그 말은 하루 동안 야성을 되찾는다는 뜻으로, 주로 캠핑을 떠날 때 사용했다. 아니면 갑자기 월차를 쓰고 출근하지 않을 때라거나. 산세가 깊어 캠핑 스폿으로 유명한 모 지역은 군의 슬로건까지 바꾸었다. J군에서 보내는 일일야성. 문명이 지워낸 나를 다시 찾는 하루.

쳇바퀴처럼 돌아가는 일상에 지친 현대인이여, 단 하루만이라도 야성을 회복하라! 고기를 굽고 흙냄새를 맡고 콧잔등에 송충이를 올려라! 운주는 엘리베이터 없는 빌라 계단을 산 타듯 오르며 옛 친구의 거실에 가상의 텐트를 설치하는 자신을 상상했다. 텐트 안에서 옛날이야기를 할 것이었다. 비눗방울을 부는 아이들과 통조림 실은 손수레를 끄는 어른들로 안온한 텐트 밖을, 불곰이 출몰하는 위험 지대로 상상하듯 추억을 안전하고 위생적으로 파먹으며 아찔해질 것이다. 그럼으로써 남편이 실추시킨 이미지를 바로잡을 것이다. 운주로 하여금 "내가 피해자라는 거니? 결혼의 희생자라는 거야? 내가 네 아래라는 거야?" 소리치게 만들었던 그 허약한 이미지를 마음에서 지울 것이다.

*

김종배의 시선집중, 김영철의 파워FM, 신윤주의 가정음악, 이어서 유명 정치 유튜브 채널이 방송을 시작할 즈음 선숙이 퇴근해 돌아왔다. 북유럽 계열의 글로벌 가구 회사 I의 물류팀에서 일하는 그는 새벽 네 시부터 오후 한 시까지 일했다. 팔 년 전 처음 새벽일에 적응할 무렵에는 한 팔에 두 개의 손목시계를 차고 다녔다. 윗시계를 본래 시간에 두고 다섯 시간을 더해 아랫시계를 맞췄다. 아래의 시계가 가리키는 다섯 시간 뒤가 그가 사는 시간이었다. 휴게 시간에 마주치는 야간조의 젊은 사람들은 성격이 아니라 시간 차이 때문에 연인과 헤어진다고 불평했다. 낮 두 시. 그러나 선숙의 시간으로는 저녁 일곱 시였다.

같은 시간이 운주에게는 낮술을 먹기에 적기였다. 발렌타인 21년산을 가져왔다. 산에서 술 파티를 벌일 때면 집의 양주를 훔쳐다 바쳤던 십 대 시절의 패러디였다. 선숙이 오기 전에 운주는 집을 둘러보며 어떻게 분위기를 띄울까 고민했다. 그러나 I의 가구로 채워진 열 평 남짓한 빌라는 이인 병실처럼 희고 깨끗하고 비현실적으로 고요했다. 모든 말을 소곤거리며 해야 할 것 같은 긴장된 분위기. 흐트러지려고 온 것인데, 운주는 거실 한가운데서 돌아가는 제습기를 보며 생각했다.

"좀 버려주지."

선숙이 고개를 젖히고 목과 어깨를 주무르며 말했다. 그러곤 제습기를 발끝으로 밀어 운주에게 보냈다. 그 무성의한 동작이 삼십여 년 전의 권력관계를 돌이켰다. 물통의 물을 화장실에 버리고 오면서 운주는 선숙이 방을 내주었으니 선심을 쓰는 것뿐이라고 스스로를 달랬다. 오래전의 자기 보호 방책이 다시금 세워지고 있었다. 왜 여기에 온 것일까. 후회되었다. 남편의 '다짐'은 충격적이지 않았다. 운주와 경수는 서로를 향한 관심을 포함해 삶 전반에 무감각해지고 있었다. 중년의 위기를 맞아 분출하는 쪽이 있는가 하면 사그라지는 쪽이 있고 대개의 비극은 그 방향

성이 어긋난 경우지만 둘은 사이좋게 삶에 시큰둥해지고 있었다.

이따금 두 사람도 과거의 열의를 그리워했다. 운주에게 화상 입은 종아리의 시절이 있다면 경수에게는 동네를 돌아다니며 남의 집 두꺼비집을 다 내리고 다니던 시절이 있었다. 그러나 귀찮아, 귀찮아, 하며 불씨가 되살아날세라 발뒤꿈치로 비벼 껐다. 그런 서로를 보며 안심했다. 언젠가 산책길에 들른 성당 앞마당에서 촛불에 둘러싸인 성모상을 본 적이 있었다. 건물에서 어떤 남자가 나와 종 모양의 도구로 작은 촛불을 하나씩 껐다. 연기가 퍼졌지만 거의 보이지 않을 만큼 미미했다. 그런 식으로, 종에 갇혀 조용히 죽는 식으로 열정이 쥐죽은듯 사멸하기를 바랐다. 왜냐하면 불완전하게 갖느니 아예 안 갖는 게 나으니까.

운주의 상상 속에서 경수는 자조 모임 친구들과 소년때처럼 동네를 헤집고 다녔다. 활력이 넘쳤다. 올리브영 문을 벌컥 열고 "나트라케어 울트라패드, 세일 들어갔어요?" 하고 외쳤다. 즐거움이 부활했으면서 운주를 속였다. 금욕으로 스스로를 벌하겠노라 맹세하며 애초에 품지도 않은 욕망을 버리는 체했다. 그것은 이중의 배신이었다. 같이 삶에 실망하기로 해놓고 혼자만 해저에서 태양으로 튀어

오르는 짓이며, 행복의 부활을 운주에게 감춘 채 참아내고 있다고, 당신을 위해 욕망을 내다버리고 있다고 낄낄대며 속이는 짓이었다. 경수는 도망치고 있었다. 권태, 무료, 물귀신. 축축 처지고 푹푹 꺼지는 침강의 감각으로부터. 그러니 나도 좀 꺼내주라, 운주는 배달의민족을 보는 선숙을 보며 생각했다. 오래전에 두꺼비를 마시러 친구들의 집에 갈 때면 운주는 뛰다 말고 허리를 숙여 자기 발목을 잡곤 했다. 오줌을 참기 위해서였다. 즐거워 미치겠는 일이 사방에 널려 있던 그때는 오줌 쌀 시간도 없었다.

"학교 앞에서 탕수육 팔던 일본 아줌마 기억나?" 운주가 찬장에서 양주잔을 고르며 말했다.

90년대 중반에 중국집에서 탕수육을 탈출시켜 떡볶이처럼 가볍게 만든 즉석 탕수육 전문점이 유행했다. 둘의 중학교 앞에도 하나 있었다. 일본에서 살다 온 삼십 대 한국 여자가 주인이었다. 화상을 입을까 봐 팔에 비닐 랩을 칭칭 감고 기름에 고기를 튀기고 담배를 태우던 그는 미성년자에게 잔술을 팔았다. "잔盞돈 챙겨." 탕수육 가게에 술 마시러 갈 때, 선숙의 무리는 은어를 쓰며 킥킥댔다. 일본에서 야키니쿠 식당을 운영하는 남자와 살다가 돌아온 가게 주인은 중학생들에게 삶의 지혜를 설파하는 재미로 살았다. "할 거면 제대로 해." "뿌리를 뽑아." 조언하며 일본에서 있었던 일을 곧잘 재현했다. 때린 적은 없지만 하루가 멀다 하고 물건을 부수는 남편의 술버릇을 어떻게 고쳤는지.

거울과 창문이 같이 박살 났던 날, 물 위를 걷는 예수처럼 유리 파편 위를 맨발로 걸었다고 했다. 날카로운 조각에 덜 베이고 싶어서 발을 오므리면 다시 피를 봐야 하기에 한 번에 끝낸다는 결기로 온몸의 무게를 실어 걸었다. 바닥을 피바다로 만들고 응급실에 실려갔다. 스모 선수처럼 다리를 벌리고 한 발 한 발 묵직하게 걸으며 그때를 흉내 내던 가게 주인에게서 운주와 선숙은 처음 반주를 배웠다. 탕수육과 잔술. 돼지고기는 몇 점 없었고 통조림 파인애플마저 점점했으며 소스는 케첩맛이 너무 강하고 술값은 말도 안 되게 비쌌다. 그래도 흥분을 북돋기에는 나쁘지 않은 에피소드였다. 폭력과 피와 술과 고기가 있으면 피곤한 선숙도 노스탤지어의 모닥불가로 못 이기는 척 올 것이었다. 탕수육을 배달시키자고 해야겠어, 운주는 추억의 고증까지 노리며 생각했다.

"왜, 남편이 속썩여? 뭐가 많이 안 좋아?" 식탁 의자에 앉아 있던 선숙이 일어나 걸으며 말했다.

"탕수육 아줌마 몸에 이레즈미가 뭐였냐? 장미였냐, 용이었냐?" 운주가 주제를 돌렸다. 현재의 일을 말하는 것이

지겹게 느껴졌다. 경수의 행동을 어떻게 설명해야 할지도 난감했다. 선숙이 운주를 오래 쳐다보았다. 그러더니 "미안한데 나 조금만 자고 일어날게. 내가 낼 테니까 먹고 싶은 거 시켜봐." 말하곤 방으로 들어갔다. 거실에만 에어컨이 있어서 방문을 열어놓아야 했다. 선숙은 금세 잠들었다. 선숙을 열 시간 가까이 기다린 운주는 방에서 건너오는 코 고는 소리를 들으며 양주를 천천히 마시며 정치 유튜브를 소리 죽여 보다가 잠들었다. 깨어나니 오후 다섯 시였다.

비가 그치고 해가 들어 집이 노랬다. 그 황금빛 시간을 선숙의 시간으로 환산하면 밤 열 시였지만 운주는 고려하지 않았다. 비록 자고 일어났지만 아직 초저녁이니 놀 시간이 충분하다고 생각했다.

"먼저 저녁 먹어서 미안. 먹다 남긴 거 아니고 미리 덜어놓은 거야." 선숙이 배달받은 족발을 건네며 말했다. 포장 용기 귀퉁이에 고기들이 정갈히 몰려 있었다. 이제 어떤 하드코어한 옛날이야기를 할까? 어떤 평범한 추억을 드라마틱하게 탈바꿈시킬까? 탕수육 아줌마의 등에 문신이 없다는 것은 운주도 알았다. 알면서 선숙에게 기억하느냐고 물었다. '등판 한번 무시무시했지!' 하고 맞장구치며 운주의 역사 왜곡에 동참해주기를 바라면서. 그러나 선숙은 피곤해 보일 뿐 과거로의 시간여행을 떠날 의향이 없어 보였다.

"아니, 괜찮아."

술까지 거절했다.

집에 갈까? 운주는 생각했다. 그러는 사이에 식탁을 벗어났던 선숙이 돌아와 메모를 건넸다. 작은 종이에 이름과 전화번호와 주민등록번호가 적혀 있었다.

"내가 부탁할 게 있다고 했잖아. 이거야. 다른 병원은 주민등록번호 앞자리만 말하면 되던데 여기는 전체를 부르라고 하더라고."

선숙이 부탁한 것은 P병원 신경외과 교수 S의 초진을 대리 예약해달라는 것이었다. 척추 질환 분야 최고 권위자인 S에게 자신이 디스크 수술을 받을 수 있도록 생각날 때마다 전화를 걸어달라는 것이었다. 쪽지에 적힌 것은 병원 전화번호와 의사 이름과 선숙의 주민등록번호였다.

"가끔 수술이 너무 급해서 진료 예약을 취소하고 다른 병원으로 가는 사람이 있대. 그 자리를 비집고 들어가려면 수시로 전화해야 된대. 취소 자리를 잡는 게 아니라도 9월부터 닫아두었던 예약 창구를 연다는 소문이 디스크 환자 커뮤니티에 돌아. 예약에 성공해도 진료를 받기까지 일 년이 걸리기도 한다는데 그래도 기회가 생기면 나를 넣어줘. 황금 같은 기회라고 부모님 이름 부르지 말고. 나 진짜 아파서 그래. 그냥 뭐 기다리고 그럴 때 있잖아. 전철이나 커피. 그럴 때 생각나면 한 번씩 전화해줘. 나는 일하는 동안에 전화를 못 쓰잖아. 불리하기 짝이 없지."

"그렇게 바빠?"

"센터에 못 갖고 들어가잖아. 휴대전화 반입 금지라서. 불이 나도 119에 전화도 못 하는데?"

"근데 진짜 안 마실 거야?"

"좋은 느낌이 있어. S선생과 나 사이에 운명적인 느낌이 있어. 지금 내 목이랑 허리가 어디서는 수술을 받으라고 하고 어디서는 신경 주사로 버티라는 애매한 상태거든? 왠지 S를 만날 즈음에 딱 무너질 것 같아. 타이밍 좋게, 딱 알맞게 끝장이 날 것 같아. 몇 시니?"

"일곱 시."

"자자."

"일곱 신데?"

"자정이지."

조용하던 건물이 학원과 회사를 마치고 돌아온 이웃들로 소란해졌다. 수영 선수들이 애용한다는 형광 주황색 귀마개를 낀 선숙이 거실에 운주의 잠자리를 마련해주었다. 그러곤 새로 빨아 향긋한 이불에 가부좌를 틀고 심호흡을 했다. 저녁의 활기참을 물리고 차분함을 불러들이려는 듯했다. 동시에 그것은 세상의 시간을 자신의 시간에 복속시키는 거대한 움직임이었다. 그런데 노스탤지어의 캠프파이어는 어떻게 되는 거지?

"나 갈래." 운주가 삐쳐서 말했다.

"뭘 가. 약기운 돌 때까지 수다 떨어." 선숙이 수면제를 먹으며 말했다.

두 사람은 선숙의 침대에 나란히 누웠다. 옛날로 돌아간 것 같았다. 아직 불씨가 남아 있었다.

"영주랑 연락돼? 걔 뭐 하고 살아?" 운주가 물었다.

영주는 운주가 자리를 뺏기 전까지 선숙의 단짝이었다. 고등학교를 중퇴하고 남성 전용 헤어컷 전문점 블루클럽에서 보조로 일하기 시작한 영주는 무리 중에서 제일 먼저 취직했다며 자주 술값을 냈다.

"나 그 얘기 하면 잠 달아나는데."

선숙이 부스스 일어나 이야기를 시작했다.

*

어느 날 선숙은 간호조무사로 일하는 영주로부터 도와달라는 연락을 받았다. 이사를 앞둔 병원이 포장이사를 부르지 않아서 혼자서 차트를 박스에 담아야 한다는 것이었다. 전산화하지 않은 종이 차트의 번호는 만 번대를 넘어갔다. "그거 했다가는 나 디스크 백 퍼 다시 터져." 자기 대신 일 해달라며 영주가 말했다.

"네 일당, 나 줄 거야?"

"일당 안 줘. 그거 아끼려고 포장 안 부른 건데."

그날 수천 개의 차트를 빼고 나르고 다시 꽂은 선숙은 인테리어를 마친 새 병원을 구경했다. 텅 빈 공간에 영주가 일할 데스크가 설치되어 있었다. 의자가 놓여 있기에 앉아보았는데 데스크 앞판에 무릎이 닿았다. 영주는 하루에 여덟 시간을 그 안에서 보내야 할 것이었다. 무릎이 닿아 다리를 이리저리 비틀며 편안한 각도를 찾다가 결국 양반다리를 할 것이고 그렇게 디스크 재수술을 향해 노동할 것이었다.

선숙은 I에서 일하는 자신을 자랑스러워했다. '멀티스킬 워커'로 입사해 여러 부서를 전전하며 잡일이라고 부를 수밖에 없는 일을 했다. 회사는 다양한 일을 경험해 역량을 키울 수 있는 자리로 홍보했지만—병원의 인턴 제도에 비유했다—물류팀에서 까대기를 하다가 푸드팀이 바쁘면 불려가 설거지하고 세일즈팀이 바쁘면 불려가 상품을 진열하는 뺑뺑이 일을 이 년 동안 하다가 물류팀으로 옮겼다.

처음에는 손수 박스를 옮기거나 핸드 자키만 쓰다가 눈칫밥을 먹어가며 지게차 운전을 연습했다. 처음에 운전이

미숙해 물건을 제때 빼지 못해 다음 단계 사람들이 화난 표정으로 직접 물건을 빼갈 때면 포기할까 싶었지만, 그럼 나는 언제 배워 싶어 싹싹하게 굴며 버텼다. 어느 날 위층에서 물건을 받는 사람에게 "오늘도 많이 느렸지, 미안." 사과하자 "아래, 너였어?" 자신을 알아보지 못했을 때, 선숙은 가슴이 뻐근했다. 처음 초조함 없이 좁은 종이 팔레트 구멍에 포크를 삽입했을 때도 그랬다. 나중에는 하이리치로 랙 꼭대기에 물건을 적치하고, 독 레벨러를 오가며 컨테이너에서 화물을 리시빙하고, '근두운'이라 불리는 오더 피커도 탔다.

위기를 겪기도 했다. 포크로 천장의 스프링클러 관을 쳐서 폭포수처럼 물이 쏟아지게 했다. 관이 빌 때까지 물이 끝없이 쏟아져 사람과 물건을 적셨다. 그 넓은 공간에 퍼지고도 발에 찰랑일 만큼 막대한 양이었다. 지게차에서 내려오지도 못하는 선숙에게 "보험 처리 하면 돼. 원래 할 만하다 싶을 때 사고가 터져." 하고 동료들이 위로했다. 그랬던 그들이 물류팀의 인원이 감축되자 자신이 하루라도 더 장비를 타기 위해 이번 달에 아무개는 몇 번 탔고 아무개는 몇 번 탔고 엑셀표로 만들어 관리자에게 따졌다. 장비 타는 횟수에 집착하는 동료의 음해로 한 달 동안 장비를 못 타기도 했다. 그러나 자부심이 있었다. 화물을 배분하고 진열할 때 발휘되는 절묘한 전략과 방향키를 조작하는 섬세한 기술과 놀라운 공간지각 능력과 싸운 사람들을 화해시키는 중재 기술. 그 지성적 활동이 선숙에게 기쁨을 주었다. 근골격계 질환이 심해지기 전까지는 그랬다.

"사람들은 칼로 찌르는 통증이라고 하던데 내 방사통은 쏙쏙 배는 느낌이야. 고통의 즙이 잘 발린 수백 개의 바늘이 달린 프레스 기계가 팔과 다리를 꽉 눌러서 피부 끝까지, 끝의 끝까지 고통을 촤촤 스미게 하는 느낌? 영주가 무슨 일까지 하는지 알아? 나의 S선생에게 원장의 부모를 들이밀려고 일하는 틈틈이 P병원에 전화를 걸어. 그 사람들, 디스크도 아니래. 그런데 늙어서 언젠가는 허리가 나갈 테니까 미리 예약을 걸어두는 거래. 내가 왜 우리가 왜 그 사람들에게 그것까지 져야 돼?"

선숙은 아홉 시에 잠들었다. 그러니까 새벽 두 시에. 거실에 나와 바닥에 누운 운주는 잠이 오지 않았다. 중학교 3학년 겨울방학 때 호프집에서 열린 자신의 송별회가 생각났다. 장사가 안 되는 술집이 미성년자를 잘 받아주던, 인천 호프집 화재 참사가 일어나기 전이었다. 돈이 별로 없었으므로 몰래 가방에서 두꺼비를 꺼내도 주인은 세 병까지는 눈감아주었다. 눈이 내렸고 엉망진창으로 취해서 나왔는데 남자애들이 어른 셋과 시비가 붙었다. 그들은 유행하는 황토색 워커를 신고 있었다.

사람 수는 더 많았지만 너무 취했다. 한 명이 붙잡혀서 바닥에 엎드린 채 워커에 배를 걷어차였다. 다른 남자애가 친구의 몸에 자기 몸을 포갰고 살짝 높아져 걷어차기 더욱 좋아진 새로운 배를 워커가 차고 또 찼다. 아래 칸의 배를 차다가 위 칸의 배를 찼다. 또 다른 애가 포개졌고 일 층의 복부, 이 층의 복부, 삼 층의 복부가 마구잡이로 차이는 것을 보면서 운주는 6차선 도로를 건너 도망쳤다. 다른 여자애들도 건너왔다. 선숙은 오지 못했다.

길 건너 호프집과 김밥집 사이 비좁은 골목에서 술에 취해 비틀거리는 남자의 뒷모습이 보였다. 그에 가려서 제대로 보이진 않았지만 운주는 선숙이 만져지고 있다는 것을 알았다. 경찰에 신고할 수는 없었다. 그들은 중학생이었고 술을 마셨으며 운주는 정학당할 수 없었다. 학교에서 쫓겨나 선숙과 같은 고등학교에 다닐 수는 없었다.

다음 기억에 운주와 선숙은 영주네 집 문을 세게 두드리고 있었다. 영주가 문을 열자 둘은 침대방으로 향했다. 영주의 아버지가 미닫이문 너머에서 모로 누워 텔레비전을 보고 있었다. 그는 청각장애가 있었기에 둘은 목소리를 줄일 필요가 없었다. 눈에만 띄지 않으면 되었다. 이불을 머리까지 뒤집어쓴 선숙과 운주는 나란히 모로 누웠다. 선숙은 운주의 뒤통수를 향하고 운주는 벽을 향했다. 선숙이 운주의 몸을 돌리곤 뒤로 밀었다. 운주는 벽에 등이 닿는 것을 느꼈다. 선숙이 운주의 가슴을 만졌다. 과일의 무름 정도를 살피듯 가볍게 쥐더니 잡아 뜯듯 비틀었다. 목을 감아 안고 주먹으로 배를 때렸다. 운주는 마음껏 비명을 질렀다. 비명 소리를 들으며 영주는 재도 한번 맞을 때가 됐지, 생각했다. 다음 날 운주는 목 아래부터 온통 피멍이 들었는데 그것은 선숙의 오빠들이 선숙에게 자주 쓰는 수법이었다. 그날 맞을 만큼 맞았으므로 운주는 지금의 선숙을, 우정을 야성 회복의 촉매제로 써먹어도 된다고 믿었다.

집에 돌아오니 경수가 외박하느라 피곤했겠다며 안마를 해주었다. 마사지 오일의 톡 쏘는 매운 향기가 코끝을 맴돌았고 싱잉볼 음악이 울렸으며 '티슈 조직' 운운하는 것을 보니 경수는 분명 마사지 강의/세미나를 들은 듯했다. "웃기지? 내가 하는 거 무시하지?" 경수가 엄지로 기름에 젖어 미끌미끌한 운주의 목을 쓸어내리며 말했다. 손가락으로 어깨를 누르다 너무 뭉쳤다며 팔꿈치를 썼다. "그러는 거 아니야, 운주야, 그러는 거 아니야." 경수가 목덜미에서 말했다. 경수와 선숙은 진지한 인간이 되었다. 운주처럼 과거를 파먹지 않았다. 안마를 받아서 그런지 또 잠이 솔솔 왔다.

　꿈속에서 세 사람은 한 침대에 있었다. 경수가 운주를 주무르다가 선숙을 안마했다. 아픈 목을, "여덟 시간 꼬박 장비 타면 매일 부산에 갔다 오는 셈이지". 아픈 허리를, 후방을 주시하느라 비틀린 편측을. 오일로 뒤범벅된 알몸의 세 사람이 미국 영화에서 진흙 레슬링을 하는 여자들처럼 뒤엉켰다. 나자빠지고 미끄러지고 엄지로, 팔꿈치로, 몸 전체로 서로를 누르고 문질렀다. 등줄기를 따라 내려가는 손을 따라 일하지 않던 때로 돌아가는 몸. 선숙이 껄껄 웃으며 큰 소리로 말했다. "야, 니들 부부 뭐냐, 엄지 공주, 엄지 왕자냐? 마사지를 왜 이렇게 잘하냐. 아, 시원해, 너무 시원해." 이것이 중년 스리섬의 새로운 형태인가? 하하하. 눈을 떴을 때, 그러나 운주는 전혀 웃고 있지 않았다.

　운주는 선숙의 집을 나서기 전에 P병원과 S선생과 선숙의 주민등록번호가 적힌 메모를 챙겼다. 부탁의 메모 옆에 새 종이가 놓여 있었다. 운주의 주민등록번호를 적어놓고 가라는 지령이 적힌, 모든 변이 깔끔하게 잘린 이면지였다. 한 삼 년쯤 걸리려나? 선숙이 S에게 수술을 받고 운주의 예약 순번이 돌아오기까지는. 운주는 자신의 주민등록번호를 적으려다가 그만두었다. 선숙이 그것으로 무슨 짓을 할지 모른다는 생각이 들었다. 지금은 아니더라도 언젠가. ■

임 현

우리가 우리에게 죄지은 자를

1983년 출생. 2014년 『현대문학』 등단.
소설집 『그 개와 같은 말』 『그들의 이해관계』, 중편소설 『당신과 다른 나』 등.
〈젊은작가상 대상〉 수상.

우리가 우리에게 죄지은 자를

1

 민수는 내놓을 만한 게 하나도 없다며 냉장고에서 콜라비를 꺼내와 썰기 시작했다. 제주도산이고 5킬로그램에 2만 원도 하지 않는다고 했는데 정혜는 속으로 2만 원이면 너무 비싼 거 아닌가, 비싸진 않더라도 자랑할 만큼의 가격은 아니라고 생각했다. 민수의 어머니는 마흔 중반부터 내내 당뇨병을 앓다가 작년 봄에 심근경색으로 돌아가셨다. 새벽 무렵 등산을 하던 중에 다른 등산객으로부터 발견되었다고 했는데, 건강을 생각해서 시작한 운동이 오히려 심혈관에 무리를 준 모양이었다. 더욱이 가슴을 쥔 채 몸을 웅크린 자세가 꼭 수련하는 사람처럼 보이기도 해서 몇 명은 그냥 못 본 척 지나쳤다고도 했다. 그 바람에 초기에 대처했어야 할 적절한 상황을 놓쳐버렸던 것이다.

"가족력이 무섭긴 무서워."

여러 조각으로 투박하게 담긴 콜라비 접시를 바닥에 내려놓으며 민수가 말했다. 그러고는 장례를 치르는 내내 이모들도 외삼촌들도 하나같이 콜라비 이야기뿐이었다고도 했다. 아삭한 식감이 좋았고, 씹으면 씹을수록 은근하게 단맛이 올라왔다. 정혜는 그중 가장 작은 것 하나를 오래 우물거리며 새로 이사했다는 민수의 집을 둘러보았다. 정리되지 않은 채 어수선해서 며칠 더 기다렸다가 올걸 하는 후회도 들었다. 어느 집에서 찌개를 끓이는지, 창문을 닫았는데도 청국장 냄새가 들어왔다. 듣던 거랑은 많이 다르네. 정혜는 몰래 그런 생각을 했고, 혈관 건강을 위해 매일 콜라비를 챙겨 먹는 민수를 머릿속으로 그려보기도 했다. 환이나 즙으로 된 것도 있었을 텐데, 매번 깎고 자르고 하는 건 아무래도 귀찮지 않나. 그래도 그렇지, 냉장고에 오로지 콜라비뿐이라니. 이럴 줄 알았으면 집들이 선물로 화분이 아니라 먹거나 마실 걸 고르는 건데. 그러나 버스 정류장에서 내려 이곳까지 걸어오는 동안 편의점도 청과물 가게도 하나 보이지 않았다. 상점이라고는 도로변에 있던 화원과 자동차 정비소뿐이었다. 정혜는 왔던 길에서 십여 분을 다시 돌아간 다음, 들고 가기에 무리가 없을 만한 작은 올리브 나무 하나를 구입했다. 처음에는 감당할 만한 무게가 도착할 즈음엔 대단히 무겁게 느껴졌는데, 무엇보다 코앞에서 한참을 헤맨 탓도 있었다. 기껏해야 보증금 천만 원에 월세 사오십 내외일 듯한 낡은 다세대 주택들이 빼곡한 동네였다. 그 골목 어딘가에서 정혜는 손가락을 꼽아가며 햇수를 셈해보기도 했다. 헤어지고 거의 5년 만이었다.

정혜는 살면서 많은 사람들과 멀어졌다. 어떻게 멀어졌는지는 잘 기억나지 않았다. 함께 여행을 가기도 하고, 거의 매일 점심을 같이 먹기도 하고, 주기적으로 조카의 성장 과정이 담긴 사진을 보여주던 사람도 있었는데, 어느 순간부터 그들과의 연락이 모두 끊겨버렸다. 누가 먼저랄 것도 없었다. 잘못을 따질 일도 누굴 탓할 일도 아니었다. 언젠가 정혜는 자신의 부고 소식을 받을 만한 사람들을 꼽아보았다. 그리고 그날, 저장된 전화번호에서 상당한 수를 삭제해버렸다. 이따금씩 전혀 예상치 못한 순간에 안부를 물어온 사람도 있었다.

- 여기 강릉이에요. 여기 오니까 우리 그때 생각난다. 어

떻게 지내요?

 문자메시지를 읽자마자 정혜는 상대방의 얼굴이 떠올랐다. 함께 1박 2일로 묵호항에 갔던 일을 떠올렸고, 거기서 먹었던 것들, 운전하며 보았던 풍경들을 기억할 수 있었다. 그러나 이미 지워버린 번호였기 때문에 이전에 저장된 이름이 무엇이었는지 되새기기까지는 그보다 더 긴 시간을 필요로 했다. 대화는 그리 길게 이어지지 않았다. 언제 한번 만나자는 말도 결국 지켜지지 않았다. 오히려 그런 연락을 받는 순간, 거의 모든 관계가 그것으로 종료된다는 것을 정혜는 알고 있었다. 그때마다 미뤄두었던 일을 뒤늦게 끝마치는 듯한 기분이 들기도 했다. 아쉬울 것도 서운할 것도 없었다. 생각해보면 애초에 별다른 이유가 있어서 가까워진 사이도 아니었다. 같은 공간에서 비슷한 시간을 보내기 때문에 맺게 되는 당연한 관계였을 뿐이다. 졸업을 하거나 이직을 하거나 달라지는 건 내가 아니라, 잠깐씩 머물던 자리였을 뿐이라고 정혜는 여겨왔다.

 이를테면 민수도 그렇게 비워진 자리 가운데 하나였다. 재작년 대학 선배의 결혼식에서 민수의 소식을 들은 적이 있었다. 누군가 그 자리에 없는 민수에 대한 이야기를 꺼냈고, 다른 누군가가 여기저기 돈을 빌리러 다니더라고 했는데 이십만 원을 빌려준 사람도 있었고, 이백만 원을 빌려준 사람도 있었으나 대부분은 여유가 없어서 도움을 주지 못했다고들 했다. "다들 그렇지, 요즘 안 힘든 사람이 없다니까." 옆자리에 앉은 후배가 그렇게 말을 더했다. 그러고는 고개를 돌려 "요즘 민수 형한테 무슨 일 있어요?" 하고 당연하다는 듯 물어왔을 때, 그 질문이 정혜를 몹시 당혹스럽게 만들었다. 뜬금없이 왜 나한테 그런 걸 묻나 싶어서 "너는? 그래서 너는 얼마나 빌려줬는데?" 괜히 딴소리를 해댔다. 후배가 왼손가락 다섯 개를 모두 펼쳐 보이자 그게 오만 원인지 오십만 원인지 확인하려는 사람들 덕분에 자연스럽게 정혜의 대답은 관심에서 멀어졌다.

정혜는 민수로부터 아직 아무런 연락을 받지 못했다. 그날 밤, 정혜는 잠을 조금 설쳤다. 별로 친하지도 않았으면서, 걔는 무슨 그렇게 큰돈을 빌려줬대? 그런 불평 아닌 불평을 하기도 하고 이백만 원은 아니더라도 이십만 원쯤은 돌려받지 않을 생각으로 그냥 줄 수도 있지 않을까 내심 다짐을 하기도 했다. 다음날에는 그보다 더 큰돈을 부탁한다면 그때 둘러댈 만한 핑계를 미리 생각해두기도 했으나 끝내 민수에게서는 어떤 연락도 오지 않았다. 그게 이상하게 정혜의 마음을 서운하게 만들었다. 나중에는 다른 사람들한테 다 하는 부탁을 왜 자기만 쏙 빼놓았는지 먼저 물어보고 싶은 마음도 생겼다. 그러다가 자신이 민수와 아주 멀어졌다는 것을 새삼 깨달은 것이다. 기억하고 있던 번호로 민수에게 전화를 걸었을 땐, 경상도 억양의 웬 낯선 여자의 목소리만 들려왔기 때문이었다.

  정혜가 민수의 모친상을 들은 것도 돌아가시고 몇 달이나 지난 뒤의 일이었다. 부탁할 일이 있어서 찾아간 선배로부터 뜻밖에 민수의 소식을 다시 듣게 되었다. 선배는 줄곧 난감한 표정으로 미안하다는 말만 되풀이했다. 정작 미안해야 할 사람은 정혜 자신인데, 왜 이 언니가 먼저 그런 말을 꺼내는 걸까. 늦은 시각에 불쑥 찾아온 것도 그렇고, 못 본 사이에 선배의 부른 배를 보며 깜짝 놀랐던 것도 그렇고, "형부는? 요즘에도 공부방 계속하고?" 정혜가 물었을 때 어딘가 얼버무리는 대답이 돌아올 때도 그랬다. 몰랐네, 내가 너무 몰랐어, 그런 생각이 들어 머릿속이 복잡해졌다.
  "미안해, 정혜야."
  "언니가, 왜. 내가 미안한 건데."
  선배는 얼마 전에 시댁에서 보내왔다며 얼린 쑥떡과 무화과를 담은 종이가방을 챙겨주었다. 정혜를 배웅하며 현관문 앞에서 등을 쓸어주기도 했다. 그 마음이 고맙지 않은 것은 아니었다. 그럼에도 미안한 마음을 미안함으로밖에 돌려받을 수 없다는 것이 사람을 어딘가 구차하게 만들었다. 무엇보다 정혜에게 당장 필요한 것은 융통할 수 있는 여윳돈이지, 누구에게 팔 수도 없는 쑥떡 같은 게 아니었다. 미안함은 더더욱 아니었고.

집으로 돌아오는 버스 안에서 정혜는 아직 녹지 않은 쑥떡 하나를 꺼내 손에 꼭 쥐어보았다. 무화과의 온도는 쑥떡과 너무 달라서 없는 온기마저 느껴지기까지 했다. 그 사이 어딘가에 무심하게 놓인 봉투는 애써 못 본 척했다. 한눈에 보아도 정혜가 부탁한 만큼에는 훨씬 미치지 못할 금액이었다. 그럼에도 함부로 손댈 수 없을 만큼 뜨거웠고 그 무엇보다 정혜를 서글프게 했다.

다음 날 아침에 정혜는 선배에게 쑥떡이 참 맛있더라고 문자메시지를 남겼다. 지난밤 했던 말은 더 이상 꺼내지 않았다. 그랬는데도 저녁 무렵이 되어서 선배에게서 전화가 걸려왔다.

"정혜야, 네가 하도 급하다고 해서 하는 말인데 민수한테 한번 부탁해봐."

그러고는 정혜가 몰랐던 이런저런 이야기들을 꺼내놓았다. 민수의 어머니가 돌아가시면서 민수가 물려받게 된 것들, 실은 어머니가 생전에 들어놓은 종신보험이 있었던 모양인데 유일한 직계가족인 민수가 그 보험금을 받았다며 최근에 선배를 찾아온 일이 있었다고 했다. 그러니까 오래전에 선배가 빌려주었던 돈을, 한사코 돌려받을 생각으로 준 것이 아니라며 사양하는데도 얼마의 이자까지 더해 갚아주더라는 것이었다.

2

민수를 만나고 온 지 이틀이 지나도록 정혜는 이렇다 할 답을 듣지 못했다. 그렇다고 마냥 기다리기만 한 것은 아니었다. 그사이 원철이 있는 납골당을 다녀왔고 보장성 보험 몇 가지를 해지했으며 처음에 들었던 것보다 적은 환급금 문제로 상담원과 오래 통화해야만 했다. 더 뭘 해야 좋을지 모를 땐 산책로를 따라 걸었다. 걷다 보면 꼭 모르는 누군가와 비슷한 속도로 나란히 걷게 되어서 일부러 더 빨리 걷거나 방향을 반대로 돌아 멀어졌다. 호주머니에는 비닐랩에 쌓인 쑥떡이 들어 있었다. 그것이 말랑말랑해질 때까지 정혜는 손으로 조물락거리며 오래 천천히 걸었다.

한참을 걸은 뒤에는 잠깐 앉아서 쉴 만한 자리를 찾았다. 그러던 중 정혜는 검은 개 한 마리를 보았다. 목줄 없이 혼자 돌아다니는 개였으나 전혀 위협적이지 않았다. 크기가 작고 얌전했다. 정혜는 주변을 두리번거리며 보호자일 것 같은 사람을 찾았다. 배드민턴을 치는 젊은 남녀가 있었고, 줄넘기를 뛰는 교복 입은 학생도 있었다. 그밖에는 그냥 지나가는 사람들이었다. 개가 허공을 향해 캉, 하고 짖었다. 그 소리에 아무도 돌아보지 않았다. 정혜가 쑥떡을 조금 떼어 던져주자, 경계 없이 다가와 냄새를 맡기 시작했다. 몸을 낮춰 개의 머리와 등을 고루 쓰다듬어주었다. 그런 다음 다시 떡을 조금 떼어 이번에는 손바닥 위에 올려놓았다. 말캉한 혓바닥이 정혜의 손바닥에 닿았다가 금세 떨어졌다. 그 느낌이 좋아서 이번에는 더 큼지막하게 떼어냈다.

"초코."

배드민턴을 치던 남자가 말했다. 다시 한번 "초코." 하고 위엄있게 부르자 개는 그제서야 주인을 향해 달려갔다. 정혜는 자리에서 일어나 멀어지는 개를 바라보았다.

"뱉어, 초코. 뱉어."

라켓을 바닥에 내려놓으며 여자가 말했다. 초코의 입을 억지로 열어 확인하는 동안, 옆에 있던 남자는 양손에 라켓을 쥔 채 정혜를 빤히 쳐다보았다. 혹시 이쪽을 향해 다가올까 싶어서 가만히 기다렸으나, 남자는 초코에게 목줄을 채워 철봉 기둥에 매어두더니 다시 배드민턴을 치기 시작했다. 여자에 비해 남자의 실력이 형편없다고 생각하며 정혜는 다시 걸었다.

하천에 가까워지자 어느 순간 불쾌한 냄새가 풍겼다.
"비가 와야 해. 통 비가 안 와서 큰일이야."
언젠가 원철이 저 물이 맑아 보이는 이유가 평소보다 수심이 얕아졌기 때문이라고 했다. 맑은 하늘을 올려다보며 원철이 제 나이보다 서른 살은 더 많아 보이는 사람처럼 말했다. 실제로는 정혜보다 겨우 여덟 살이 많을 뿐이었다. 이곳 어딘가에서 들짐승을 만나기도 했으나 다시 보지는 못했다. 아니, 여기가 아닌가. 비슷비슷해 보이는 풍경을 구분하는 것은 정혜에게 어려운 일에 속했다. 이런 순간들마다 정혜는 자신이 원철에게 많이 의지해왔다는 것을 깨닫곤 했다. 함께 걸을 때는 알지 못했던 것들. 신경 쓰지 않아도 괜찮았던 것들. 두 사람이 손을 잡으면 걸음은 저절로 맞춰지는 거라고 생각했는데……. 길을 잃지 않기 위해서 주의를 기울이는 사람이 두 사람 모두일 필요가 없었을 뿐이었다.

몇 해 전까지 정혜는 작은 카페를 운영하면서 원철의 로스터리에서 원두를 납품받았다. 거래를 하는 동안 원철은 대금일이 한 달쯤 늦어도 재촉하지 않았고 이런저런 고민을 들어줄 때도 있었다. 물건을 들이는 날이 아닐 때도 회사 로고가 새겨진 영업용 트럭을 몰고 정혜를 종종 찾아왔다. 두 달쯤은 가벼운 마음으로 만났고, 얼마 뒤 가게를 정리하기로 마음먹었을 땐 원철이 도움을 주었다. 그게 벌써 두 해 전의 일이었다. 끝내 버티지 못하고 정혜가 결국 가게를 내놓았을 때도 그들의 관계는 지속되었다. 시작할 때 들었던 비용의 절반도 건지지 못했고, 그마저도 대부분은 은행의 융자금을 갚는 데 들었다. 그래도 다 나빴던 건 아니었다. 정혜의 곁에는 자신을 응원하는 원철이 아직 있었으니까.

시간이 생길 때마다 두 사람은 멀리 가는 대신 주로 오래 함께 걸었다. 한번은 정비되지 않은 하천 쪽을 바라보며 원철이 말했다.

"저기, 고라니."

그러고는 더 먼 곳을 가리키며 방금 저쪽으로 고라니가 사라졌다고 했다. 정혜가 돌아보았을 땐 부리가 긴 철새들만 보일 뿐이었다. 온통 갈대며 잡풀들로 우거진 그곳에서 어떻게 그런 걸 볼 수 있었나, 정혜는 신기하기만 했다. 계절이 바뀌면 풍향이 바뀌고 냄새도 바뀌었다. 원철은 매번 정혜보다 그걸 먼저 알아차리는 사람이었다. 산책로를 걸으면서 뒤편에서 달려오는 라이더 무리를 수시로 확인하는 것도 원철의 몫이었다. 매사에 예민한 사람이었으니까.

물건 하나를 고르는 데도 신중하게 따지고 비교하던 사람이었다. 영양성분과 유해성분을 확인하던 사람, 운전을 할 때는 답답할 만큼 좀처럼 차선을 바꾸지 않던 사람, 혹시라도 위급한 상황을 대비해 어딜 가든 비상구의 위치를 먼저 알아두던 사람, 그런 사람이라서 가능한 관계였다는 것을 정혜도 모르지 않았다. 다만 최선을 다해 그것을 모른 척 해왔을 뿐이었다.

원철의 사고 소식을 들었을 때도 그랬다. 장례식장에서 정혜는 그의 아내와 중학생 아들을 처음 마주했다. 아무것도 모르는 유가족을 향해 맞절을 하고 위로를 했다. 자신도 똑같은 사람을 잃었지만 그들보다 더 슬퍼할 수 없었다. 사진으로 볼 때와는 또 다른 기분이었다. 원철 모르게 열어본 핸드폰 사진첩에서 그들의 평범한 일상을 몰래 훔쳐본 적이 있었다. 정혜와는 가본 적 없는 나라로 여행을 가고, 아들의 피아노 연주회에 참석하고, 어두운 밤길에서 나란히 선 세 사람의 그림자를 찍은 사진도 있었다. 화목한 가정이라고 정혜는 생각했다. 그것을 빼앗았다거나 망가뜨리고 있다는 자책은 들지 않았다. 그때는 오히려 언제든 돌아갈 곳이 있는 원철이 부러웠고, 또 무서웠다.

원철을 만나는 동안 정혜는 이따금씩 모르는 번호로 걸려오는 전화가 두려웠다. 낯선 사람이 찾아와 현관문을 두

드리거나 자신의 뺨을 힘껏 때리는 상상도 여러 번 했었다. 그러나 그 여자가 죽은 남편의 번호로 전화를 걸어올 거라고 예상한 적은 한 번도 없었다. 원철의 사십구재가 지나고 얼마 뒤 걸려온 전화였다. 무엇보다 정혜는 왜 여태껏 그 번호를 지우지 않았는지 스스로를 의아하게 생각했다. 세상에서 가장 멀어진 사람이었고, 절대 정혜의 부고를 들을 수도 없는 사람이었다. 그의 아내는 사무적이지만 공손하게 그간에 알게 된 일들을 설명해주었다. 내심 기대했던 모욕적인 말은 없었다. 대신 평소 원철이 꼼꼼하게 기록해둔 거래 장부가 있다고, 거기에 적힌 목록 중에 정혜 앞으로 된 미수금이 제법 크다고만 말했다.

"그이가 누구한테 큰돈을 빌려주고 그러는 사람이 아닌데……, 사장님을 무척 믿었었나 봐요."

그 뒤로 원철의 아내와는 두어 번 더 통화했을 뿐, 이후에 오는 연락은 일부러 피하며 받지 않았다. 그로부터 몇 주가 지났을 때 정혜가 변제해야 될 구체적인 금액과 연체 시 추가로 산정될 수 있는 이자율, 앞으로의 법적인 절차 등이 적힌 내용증명이 우편으로 송달되었다. 그것을 받아 쥔 정혜에게는 이유를 알 수 없는 오기 같은 것이 생겼다. 자신을 믿어준 것은 원철이었지, 그 여자가 아니었다. 어디 원철뿐이었을까. 정혜 역시 다르지 않았다. 누구보다 원철을 믿고 의지했었다. 그러니까 그것은 어떤 종류의 믿음이었나. 언제든 멈출 수 있다고 믿었으므로 신앙보다는 가벼웠고, 그걸 누가 먼저 결정하든 서로를 이해할 수 있다고 믿었으므로 평범한 신뢰보다는 두터운 줄 알았다. 적어도 사랑이나 소망에 견줄 만할 정도는 되는 거라고 생각했었다. 그러나 원철이 믿고 있던 것은 고작 정혜의 신용이었던 걸까. 한동안 그 믿음이라는 한 단어가 정혜의 머릿속에서 떠나지 않았다. 매번 긍정적이고 호의적이기만 할 것 같던 그 마음이 왜 이토록 자신을 부끄럽고 비참하게 만드는지에 대해 정혜는 아주 오래 생각해야만 했다.

3

사흘째 되는 아침에서야 민수가 이번 주 일요일에 시간을 좀 비워둘 수 있느냐고 전화로 물어왔다. 요즘 들어 날짜 감각이 무뎌진 탓에 정혜는 오늘이 무슨 요일인지부터 확인했다. 실은 오늘이 화요일이든 금요일이든 일요일엔 아무 일정이 없다는 걸 이미 알면서도.

"일요일엔 왜?"

정혜는 자기 목소리에 어떤 기대감이 묻어나지 않을까 조심했고, 무엇보다 그것을 민수에게 들키지 않기를 바랐다.

"급하다며."

그러고는 사정이 있어서 지금은 잠깐 지방에 내려와 있는데 일요일쯤 다시 올라갈 수 있을 거라고 했다. 부탁한 일은 그때 다시 이야기해보자는 말도 덧붙였다. 정혜는 전화를 끊자마자 곧장 일어나 쌀을 씻었다. 배가 고픈 건 아니었다. 늘상 하던 규칙적인 습관도 아니었다. 무엇이든 해야겠는데 마땅한 일이 떠오르지 않았을 뿐이었다. 그러지 않고 가만히 있으면 자꾸만 죽은 원철을 원망하게 되었다. 결국에는 정혜 자신이 너무 불쌍해졌다. 현미와 검은콩을 조금 섞어 불려두었고, 기다리는 동안 일부러 지루한 다큐멘터리 영화 한 편을 찾아보았다. 오래전 민수가 좋아한다고 말한 감독의 영화였다. 다른 사람들은 이걸 어떻게 보았나 싶어 중간중간 검색을 해보기도 했다. 국제영화제에서 수상한 이력이 있었고, 개봉 당시 관객 수가 3천 명밖에 되지 않았다. 유명한 영화 평론가의 칼럼도 읽었다. '그럴 만한 이유가 있어서 사랑을 받는 사람은 누구보다 사랑받는 자기 자신을 먼저 사랑하게 되지만, 아무 이유 없이 사랑받는 사람은 가진 것이 오직 사랑밖에 없어서 다시 사랑으로 보답할 수밖에 없다'라고 쓰여 있었다. 영화의 내용을 다 이해할 수는 없었지만 영화에 대한 설명은 마음에 들었다. 저장을 해둔 뒤, 적당한 곳에 다시 옮겨 적고 싶을 만큼 좋았다. 한때 그 감독의 영화를 좋아하던 민수가 좋았던 것처럼.

밥이 익어가는 동안 정혜는 민수를 생각했다. 민수의 낡은 빌라에서 맡았던 냄새와 투박하게 깎인 콜라비 한 접시와 정리되지 않은 그 집의 다른 짐들처럼 여전히 식탁 위에 덩그러니 방치되어 있을 올리브나무 화분 같은 것들. 그리고 스물일곱 살, 어느 여름밤에 민수가 "나는 너를 용서할 거야"라고 말했을 때 정혜가 느꼈던 당혹감을 떠올렸다.

"네가 나를? 왜?"

정혜는 자기가 무슨 잘못이라도 했느냐고 따지듯이 물었고, 민수는 고개를 가로저으며 말했다.

"없지, 아직은."

그러나 혹시 있을지도 모를 앞으로의 모든 잘못들에 대해서 민수는 정혜를 미리 용서한다고 했다. 그것으로부터 이전에 없던 감정이 샘솟았던 순간을 정혜는 기억했다. 그러다 금세 "비겁하다, 비겁해." 혼잣말을 중얼거리며 고개를 세차기 흔들기도 했다. 지금에 와서 그런 마음들을 떠올리는 자신이 몹시 야비하고 속되게 느껴졌다.

하지만 한 번 떠오른 기억은 뜻대로 멈춰지지 않았다. 어떤 기억은 꼬리에 꼬리를 물었고, 다른 기억은 불현듯이 떠올랐다가 머릿속에서 오래 머물기도 했다. 끝이 좋았던 건 아니었으나 정혜는 민수와 6년을 만났다. 이십 대를 보내고 삼십 대를 맞이하던 대부분의 시절을 민수와 함께했다. 만나는 동안은 나름 최선을 다했다고 생각했는데, 헤어지고 나서는 아쉽고 미안한 일들도 더러 생각이 났다. 한때는 자신을 사랑해주는 민수가 좋았고, 민수를 사랑하는 정혜 자신도 좋았다. 그러니까 그런 마음들은 대체 언제 다 닳아 사라져버린 것일까. 아무 이유 없이 용서를 받는 사람은 무엇으로 그 마음을 돌려줘야 했던 걸까. 사랑하는 마음은 사랑으로, 미안한 마음은 미안함으로, 용서하는 마음은 용서로……. 이제 와서 누군가에게 잘못을 따져 물어야 한다면 그것은 언제나 정혜 자신의 몫이라고 생각해왔다. 그럼에도 대체 민수의 무엇을 용서해야 했던 걸까.

그런데 원철아.

정혜는 갓 지은 밥 냄새를 맡으며 생각했다.

너는 나의 무엇을 미워했길래 나는 네가 이토록 미운 거니.

한번은 민수의 어머니를 정읍까지 모셔다드린 일이 있었다. 민수는 모르는 먼 친척의 결혼식이 서울에서 있었다고 했다. 그 무렵 민수에게는 낡은 중고차 한 대가 생겨서 정혜와 이곳저곳을 돌아다닐 때였다. 민수는 운전이 능숙했는데, 면허를 따기 훨씬 전부터 아버지의 차를 몰고 다녔다는 말을 정혜는 자주 들었었다. 민수가 돌아가신 아버지에 대해 들려준 것은 겨우 그 정도뿐이었다. 그리고 그날 민수의 어머니를 처음으로 보았다. 민수와 통화할 때 옆에서 목소리를 들은 적은 몇 번 있었다. 상상했던 것보다 훨씬 작고 마른 체구였다.

목적지까지 막히지 않는다면 네 시간쯤 걸릴 거라고 했다. 가는 동안 정혜는 이런저런 이야기를 들었다. 주로 민수와 민수 어머니만 아는 이야기들이었다. 어떤 이유에서인지 어린 시절 민수는 고모의 손에 맡겨졌다고 했다. 고모부는 초등학교에서 평교사로 정년을 채운 뒤 오래전에 퇴직했는데, 은퇴 이후에는 땅을 조금 사서 거기에 무도 심고 배추나 고추도 심어서 소일거리 삼았다가 지난여름, 뇌졸중으로 쓰러진 뒤 거동을 전혀 하지 못하게 되어버렸다. 이런 얘기를 하다가 민수가 "구구단을 못 외워서 고모부한테 맞기도 참 많이 맞았었는데"라면서 웃었다.

"어디 그것만 그랬냐. 다른 건 더 못했지."

민수의 어머니가 뒷좌석에서 혀를 차며 거들었다. 그러고는 가방에서 무얼 꺼내더니 불쑥 두 사람에게 깎은 밤 한 알씩을 건네주었다.

"어떠냐?"

민수의 어머니가 정혜에게 물었고, 입에 넣은 것을 다 씹지 못해서 정혜는 고개만 여러 번 끄덕거렸다.

"입맛에 맞으면 나중에 더 보내주마."

"집에 아직 많아요." 민수가 마다하자 "너 말고, 얘." 하고는 정혜 앞으로 하나를 더 내밀었다. 그러다가도 어느 순간이 지나면 다시, 누군가의 자손이 태어났고 누군가의 부모는 병을 앓았으며 그 누군가는 암으로 죽었다고 했다. 그런 소식들을 두 사람은 무심하게 나눴다.

"방앗간 하던 정복이 삼촌 기억하냐?"

그 집 둘째 딸이 이번에 결혼을 하는데 삼만 원을 해야 할지 오만 원을 해야 할지 고민이라고 하자, "아이고, 요즘에 누가 삼만 원을 해요. 하고도 욕먹어"라며 민수가 정색을 했다.

"그러냐. 너는 누가 삼만 원을 주면 욕부터 하고 보냐. 어디 나한테 그 삼만 원을 줘봐라. 내가 업고 다니지."

어머니가 서운하다는 듯이 삐죽거리자 민수가 다시 어머니를 달랬다. 그 모습이 보기 좋아서 정혜는 옆에서 가만히 웃기만 했다.

"자, 이것도 먹어봐라."

민수의 어머니는 이번에도 정혜에게만 양파즙 한 포를 건넸다.

"잘 먹네. 잘 먹어서 좋다, 너는. 우리 민수는 통 뭘 먹지를 않아."

그러고는 가늘고 마른 손가락으로 정혜의 어깨를 가볍게 주물러주었다. 곧이어 "고모가 많이 늙었어. 안 늙을 줄 알았는데, 그런 사람들도 이제는 다 늙었어." 혼잣말처럼 중얼거리는 소리가 뒤에서 들려왔다.

예정에 비해 이른 시간에 도착했으나, 저녁을 먹고 늑장을 부리느라 해가 다 지고 난 뒤에야 서울로 출발할 수 있었다. 그리고 정혜는 그날, 민수가 자신에게 무언가를 자꾸 보여주고 싶어 한다고 생각했다. 개량된 한옥으로 지어진 그 집의 앞마당에는 말린 고추가 널려 있었다. 감나무와 대추나무가 한 그루씩 있었으며, 집 뒤편에는 마른 우물도 있었다. 그 위로 크고 너른 양철 골판이 덮혀 있었는데, 민수가 그것을 열어 정혜에게 구경시켜주었다. 생각만큼 깊지 않았고 기대했던 음침함도 별로 없었다. 그럼에도 직접 경험하지 않으면 알 수 없을 어떤 생활감과 분위기 같은 것들이 그 집에는 있었다. 사진 속 민수의 아버지는 지금의 민수만큼이나 젊고 건장했다. 그 옆에 한복을 입고 선 민수의 어머니는 그보다 훨씬 어리고 왜소했다. 그러니까 민수는 굳이 그런 것들을 정혜에게 보여주었다.

이후에도 서너 번쯤, 정혜는 민수의 어머니를 만났다. 그보다는 더 자주 전화나 문자메시지로 안부를 물어왔고, 말린 감이나 절인 고추 같은 것을 보내오기도 했는데, 그걸 받고 나면 어딘가 정혜의 마음 한구석이 불편했던 것도 사실이었다. 대부분은 먹지 못하고 받은 그대로 냉장고에 넣어두었다. 민수의 어머니는 좋은 사람이었다. 그런 생각이 들 때마다 그 집의 냄새와 그녀의 걸음걸이 같은 것들도 함께 떠올랐다. 앉아 있을 때는 몰랐으나, 걸을 때는 왼쪽으로 치우친 채 다리를 조금 절었다. 다정하지만 부드럽지 않았고, 무언가를 자꾸 주는데도 필요하지 않았다. 오히려 그 모든 호의가 정혜를 답답하게 만들 때가 더 많았다. 정읍에 갔던 그 날도 그랬다. 민수가 보여주는 것들이 부담스러웠고, 어딘가 느긋한 태도에 괜히 짜증이 나기도 했었다. 무엇보다 혹시라도 시간이 너무 늦었으니 하룻밤을 자고 가라는 배려를 받지는 않을까, 초조했기 때문이었다. 이런 마음을 그대로 드러낸 적은 없었다. 대신 서울로 돌아오는 길에 다른 이유로 조금 다투었을 뿐이다. 며칠이 지나 같은 문제로 다시 언성을 높였는데, 생각해보면 그렇게까지 다그칠 만한 일도 아니었다. 다만, 만약 그렇게라도 하지 않았더라면 아마 더 모진 말로 민수에게 상처를 줬을 거라고 정혜는 생각했다.

헤어질 무렵에는 별다른 감정이 없었다. 큰소리로 다투지도 않았고 서로를 원망하며 지긋지긋해하지도 않았다. 특별한 이유 없이 다만 무뎌지고 무뎌져서 서로에게 다른 모양이 되어버렸을 뿐이었다. 그럼에도 민수가 자신에게 화가 났다고 느낀 적은 몇 번 있었다. 민수의 어머니가 보내온 음식은 대개 냉장고에 오래 방치되어 있었다. 그러다가 도저히 먹을 수 없을 만큼 상한 다음에야 한꺼번에 모아 버렸는데, 어느 날은 민수에게 그것을 들킨 일도 있었다. 서운하다거나 섭섭하다거나 하다못해 평소보다 날 선 목소리로 자신을 다그칠 수도 있다고 생각했으나 민수는 그러지 않았다. 오히려 최선을 다해 정혜에게 아무 말도 하려 하지 않았다. 그런 날들이 반복되다가, 함께 있으면 지친 사람처럼 늘 무기력해졌으며, 누구도 그것을 먼저 달래거나 위로하려 들지 않았다.

헤어지고 난 뒤에도 정혜는 이따금 민수를 생각했다. 지금 만나는 사람에게서 과거의 민수와는 다른 점을 발견하기도 하고, 기억하는 모습보다 더 나이가 들었을 민수의 얼굴을 상상할 때도 더러 있었다. 그보단 드물지만 정읍의 그 집과 민수의 어머니를, 오래전 민수에게 미리 받아버린 용서들을 떠올린 적도 있었다. 그러나 원철을 만나는 동안에는 그렇지 않았다. 정혜에게 원철은 온전히 원철 한 사람이었고, 더 없이 원철일 뿐이었으니까. 적어도 서로를 용서하거나 서로에게 용서받을 만한 사이는 아니라고 믿었다. 만약 누군가에게 용서를 빌어야 한다면 그것은 서로가 아니라, 두 사람 모두 공평하게 같은 한 사람에게서만 구할 수 있다고 생각했다.

4

 토요일 저녁부터 내리기 시작한 비는 일요일까지 이어졌다. 오후가 되어서도 그치지 않았는데 호우에 의한 피해 상황이 속보로 속속 전해졌다. 지대가 낮은 곳은 침수되었고 높은 곳은 무너졌다고 했다. 정혜는 창밖으로 거리를 내려다보았다. 골목 사이 주차된 차들 중 떠내려갈 만큼 위험해 보이는 것은 아직 없었다. 그러나 비구름이 북상하고 있었고, 내일쯤 저 차량들이 뉴스의 자료화면으로 보도되지 않으리라는 보장도 없었다. 약속 시간까지는 충분한 여유가 있었다. 이제라도 취소를 하는 게 좋지 않을까. 민수에게 전화를 걸었으나 받지 않았다. 대신 정혜는 약속을 미룰 수밖에 없는 이유를 문자메시지로 남겼고 연락이 돌아오기를 기다렸다. 그런데도 굳이 보겠다고 하면 어쩌지? 잠깐 빗줄기가 가늘어졌을 때는 초조한 기분마저 들었다.

꼭 날씨 때문만은 아니었다. 민수를 만나고 온 뒤로 정혜는 줄곧 후회하고 있었다. 어젯밤 민수와 짧게 통화를 한 뒤에는 그런 마음이 더욱 굳어지고 있었다. 오후쯤 먼저 편한 시간과 장소를 나눈 뒤에, 한참이 지나 민수에게서 다시 전화가 걸려왔다. 밖이었는지 주변의 소음이 심했는데, 술에 취한 발음도 꽤 어눌했다.

"솔직히 나는 네가 나를 찾아와서 좋더라. 나는 네가 진짜 잘 살 줄 알았는데, 그게 엄청 무서웠거든? 근데 아니잖아. 나 때문에 네가 불행해지는 거라고 생각했는데, 내가 아니라 그냥 너라서 불행한 거잖아. 그런 네가 나한테 돈을 빌리러 왔어. 어떻게 네가 나한테 그런 걸 부탁해? 그런데 정혜야, 나는 왜 그게 또 반가운 거니."

정혜가 그 말을 다 알아들은 것은 아니었다. 정확히는 다 알아듣지 못한 척해야만 했다. 다른 대안이 있는 것도 아니었으니까. 부탁을 한 쪽은 정혜였고, 아직 민수는 거절하지 않았다. 어쩌면 민수 역시 쉽게 마음을 정하지 못한 채 고민하는 중일지도 몰랐다. 결정을 미루고 회피하려는 사람에게 사나운 날씨는 정당한 핑곗거리가 될 수 있었다.

민수는 모르지만, 헤어지고 그의 어머니가 정혜를 찾아온 적이 한 번 있었다. 정혜는 그때도 비슷한 말을 들었다. 그리고 그때도 모른 척 그 말을 외면해야만 했다. 별다른 대화를 나눈 것은 아니었다. 민수의 어머니가 정혜를 붙잡고 설득을 한 것도 아니었다. 같이 저녁을 먹었고 함께 조금 걸었으며, 늦은 시각이라 정혜가 버스 터미널까지 배웅한 것이 전부였다. 거기서 그녀의 근황을 조금 들었을 뿐이었다. 몇 달 전부터 소화가 잘 되지 않아서 내시경 검사를 받았는데 위장에는 아무 이상이 없었다고 했다. 그런데도 증상은 좀처럼 나아지지 않아서 대학 병원에서 이것저것 검사를 받았는데, 아직 민수에게는 말하지 않았다는 말도 덧붙였다. 그러고는 정작 하고 싶은 말은 못다 한 사람처럼 입을 뗐다가 다물기를 반복했다. 혹여 무얼 묻는다고 해서 정혜가 선뜻 답할 수 있는 것도 별로 없었다. 정혜는 두 사람이 헤어진 이유가 온전히 자기 때문이라고 믿었다. 그렇다고 딱히 무얼 잘못했는지 짚어낼 수는 없었으나, 그렇게 생각해야지만 덜 미안해질 때가 있었다. 그런데도 민수의 어머니는 오히려 정혜에게 이렇게 물었다.

"혹시, 나 때문이니?"

왜 그 질문에 답하기를 주저했을까. 더구나 속마음을 들킨 사람처럼 왜 하필 그 순간 얼굴이 붉게 달아올랐는지 정혜는 설명할 수 없었다.

약속 시간이 벌써 한 시간쯤 지났으나, 민수에게는 여전히 연락이 없었다. 그사이 멀지 않은 도시에서는 불어난 강물로 인한 인명 피해가 새롭게 추가되었다. 텔레비전 뉴스를 보면서도 정혜는 손에서 전화기를 놓지 못했다. 연락이 되지 않을 만한 여러 가능성들을 떠올려보기도 했다. 그런 생각이 들 때마다 통화를 시도해보았으나 번번이 실패했다. 지난번 전화에서 민수는 지방에 있다고 했다. 혹시 무리해서 올라오는 동안 사고가 생긴 것은 아닌지 불안했다. 괜한 염려가 아니었다. 원철도 그렇게 죽었다. 그러니까 그 순간 초인종이 울렸고, 이 시간에 자신을 찾아올 만한 사람이라면 분명 민수일 수밖에 없다는 왠지 모를 확신이 들었다. 서둘러 현관문을 열었다. 그리고 그 앞에 선 여자를 보고 정혜는 잠깐 당황했다. 원철의 아내였다.

식탁을 사이에 두고 두 사람이 마주 보고 앉았다. 여자는 빚을 받으러 온 사람답지 않게 점잖고 차분해 보였다. 더구나 이렇게 비가 쏟아지는 날에도 입고 있는 캐시미어 소재의 원피스는 전혀 젖지 않았다. 여자의 크고 멋진 우산은 현관 벽에 기댄 채 세워져 있었다. 금세 바닥이 빗물로 흥건해졌다.

"화과자예요."

가지고 온 종이가방을 식탁 위에 올려놓으며 여자가 말했다. 그제서야 정혜는 아끼는 찻잔을 꺼내와 물을 끓이기 시작했다. 평소 웬만해서는 꺼내지 않는 것이었으나, 이 여자에게만큼은 이 집에서 가장 소중한 것들을 보여주고 싶었다. 무엇보다 위축되고 싶지 않았다. 그러나 여자는 그런 것에 전혀 신경 쓰지 않았다. 도리어 당황했을 정혜를 안심시키려고 했다. 변호사를 통해 보내온 내용증명에 대한 이야기를 꺼낼 때도 그랬다. 여자가 손바닥으로 식탁을 쓸며 말했다.

"많이 놀랐을 거예요. 하지만 연락이 되지 않으니 우리 쪽에서도 어쩔 수 없었어요. 나는 이 일이 원만하게 해결됐으면 해요."

정혜를 추궁하지도 재촉하지도 않았다. 그 차분한 태도가 정혜는 마음에 들지 않았다. 식탁은 원목을 흉내 낸 가공 목재일 뿐이었다. 여자가 그것을 만지고 있다는 것이 어딘가 불쾌했다. 그런 생각과 마음들이 정혜의 표정으로 고스란히 드러났을 텐데도 여자는 내내 온화해 보였다. 오히려 여유롭게 집안을 둘러보기도 했다.

"결혼 전에는 그이도 이런 집에서 살았어요."

한 손에는 뜨거운 찻잔을 들고 있었다. 어떤 경우에도 그것을 던지거나 정혜를 향해 부을 만한 사람은 아닌 것 같았다. 정혜가 더 노골적으로 여자를 노려보았다.

"그 얘기를 왜 나한테 하는 건데요?"

"그 사람에 대해 듣고 싶어 할 거 같아서요."

차분하게 찻잔을 내려놓으며 대답했다. 여자는 정혜를 배려하는 것이 아니었다. 그보다는 자신이 무엇을 가지고 있는지를 정혜에게 분명하게 보여주고 싶은 것이었다.

"다 알고 있었어요?"

정혜의 질문에 여자가 미소를 지었다. 이 집에 들어온 이후로 가장 밝고 편안한 표정으로 정혜를 바라보는 중이었다.

"이제 와서 그게 뭐가 중요하겠어요. 나는 그냥 정혜 씨에게 받아야 할 것만 받으면 돼요. 다음 달에 아들과 캐나다로 갈 거예요. 그 전까지는 정리가 좀 됐으면 해요."

정혜는 원철을 만나면서 종종 이런 순간들을 상상해왔다. 그의 아내가 자신을 찾아와 비난하고 화를 내는 장면들을. 그때 해야 될 적절한 변명과 비굴한 자세들을……. 어떤 모욕적인 말을 듣는다고 하더라도 괜찮았다. 겨우 그 정도의 앙갚음이라면 견딜 만하다고 생각했으니까. 무엇보다 정혜의 상상 속에는 늘 원철이 함께 있었기 때문이었다. 잘못을 빌고 용서를 구해야 하는 사람이 정혜 혼자만은 아니라는 사실이 위안이 되곤 했다. 심지어 그것으로 끝이 아니라, 어쩌면 두 사람에게는 새로운 시작이 될지도 모른다는 가능성을 내심 기대한 적도 있었다. 그러나 현실은 예상과는 너무 달랐다. 원철은 곁에 없었고, 정혜만 홀로 남았다. 이토록 평화로운 장면을 바란 적도 없었다.

정혜는 여자와 마주 보는 동안 내내 궁금했었다. 왜 이 여자는 전혀 슬퍼 보이지 않는 걸까. 여자가 원하는 것이 정말 그뿐이었을까. 아니, 오히려 지금 무언가를 받아야 할 사람은 정혜 자신이라는 생각도 들었다. 그걸 왜 꺼내지 않는 걸까. 할 말을 모두 끝낸 뒤, 자리에서 일어서는 여자의 팔을 정혜가 붙잡았다.

"욕하고 싶으면 욕해요. 참지 말고 욕하라고요, 그냥."

여자는 끝까지 소리를 지르지도 주눅 들지도 않았다. 조금 놀라긴 했으나, 붙잡힌 팔을 뿌리치지도 않은 채 정혜를 가만 바라보기만 했다. 그럼에도 정혜는 잘못한 게 하나도 없는 이 여자를 어떻게든 울리고 싶었다. 자신과 똑같이 슬프고 안타까운 사람으로 만들어주고 싶었.

"그래도 나한테 사과받을 생각은 하지 말아요. 나는 하나도 안 미안하니까."

누군가를 사랑하는 일이 어떻게 미안한 일이 될 수 있겠는가. 사랑하는 마음은 사랑으로, 미안한 마음은 미안함으로. 더 이상 용서받고 싶지도 않았고 부끄러워 하고 싶지도 않았다. 정혜에게는 오로지 원철이 세상에 없다는 사실만이 분명하게 느껴질 뿐이었다.

여자가 자신을 노려보기 시작했을 때에야 정혜는 잡은 팔을 놓아주었다. 그뿐이었다. 여자는 금세 본래의 모습으로 돌아가 버렸다. 들어올 때와 마찬가지로 서두르지 않고 차분하게 행동했다. 다만, 정혜를 향한 경멸감만큼은 숨기지 못했다. 현관 앞에서 구두를 신던 여자의 얼굴 위로 아주 잠깐 알 수 없는 표정이 지나갔다. 무언가를 생각하는 것도 같았고, 숨기려는 것도 같았다. 그러고는 여전히 우아하고 담담한 목소리로 정혜를 향해 말했다.

"당신이 그 사람에 대해 뭘 알아요? 혹시 이번이 처음이라고 생각하는 거예요? 세상에, 사람이 이렇게나 순진할까."

정혜는 그 말을 믿지 않았다. 그런데도 닫힌 문을 도로 열어 당장 여자의 뒤를 쫓아가고 싶은 충동을 참아야 했다. 어떤 믿음은 노력을 필요로 하기도 했으니까. 그러므로 최선을 다해 믿지 않을 것이다. 무엇보다 현관에는 여자의 우산이 쓰러진 채 놓여 있었다. 침착했던 모습과는 달리 여자가 방금 얼마나 당황했는지를 정혜는 짐작할 수 있었다. 이런 날씨에 미처 우산을 챙길 정신도 없을 만큼 여자는 서둘러 빠져나가야만 했던 것이다.

비는 좀처럼 그칠 기미가 없었고, 민수와는 여전히 연락이 닿지 않았다. 어쩌면 약속한 장소에서 정혜를 줄곧 기다리고 있는 걸지도 몰랐다. 그런 식으로 정혜의 간절함을 확인하고 싶은 걸까. 기대보다 더 망가진 모습으로 나타나 자신에게 사정하고 애원하기를 바라는 건 아닐까. 걸어서 가기에는 아주 먼 거리였다.

 정혜는 여자가 두고 간 우산을 집어 들었다. 두 사람쯤은 안전하게 가려줄 만큼 크고 넓은 우산이었다. 아마도 여자는 멀리 가진 못했을 것이다. 이 비를 그냥 맞을 만큼 무모한 사람처럼 보이진 않았다. 그렇다고 겨우 우산 하나 때문에 다시 돌아올 만큼 아쉬울 사람도 아니었다. 그럼에도 어딘가에서 비를 피하고 있을 여자를 찾아, 정혜는 이 우산을 돌려주고 싶었다. 그러고는 보란 듯이 혼자서 빗속으로 걸어 들어가 버릴 것이다. 아무것도 쓰지 않고 어떤 것도 피하지 않을 것이다. 온몸이 흠뻑 젖어 모든 것들이 씻겨가도록, 원철에 대한 모든 마음과 기억들이, 내가 나의 잘못을 스스로 용서할 수 있을 때까지, 정혜는 무작정 걸어볼 생각이었다. ■

심사평

사랑 이후의 삶
강동호

사랑의 글쓰기
김지연

더 짙은 소설들
백지은

위안의 시간
서희원

아름답고 기이한
안보윤

수상소감

빈 진실
임솔아

| 제71회 현대문학상 심사평 |

사랑 이후의 삶

강동호

올해 본심에 오른 작품들은 저마다의 방식으로 동시대 한국 소설의 감각과 윤리를 탐구하며, 개인의 삶과 사회 현실 사이에 놓인 균열을 예리하게 사유하고 있었다. 익숙한 일상의 표면을 비스듬히 응시하는 작품들에서부터, 기억과 감정의 잔여를 통해 인간존재의 근원을 다시 묻는 작품들에 이르기까지, 이들 소설은 지금-여기의 한국문학이 도달한 상상력의 폭과 미학적 다양성을 유감없이 증명하고 있었다. 문학상이란 결국 한 편의 작품을 선별해야 하는 제도적 장이지만, 개인적으로 이번 심사 과정은 그 선별의 시간을 넘어 동시대 소설이 품고 있는 사유와 감각의 깊이를 새삼 확인하는 뜻깊은 경험이었다. 이들의 치열한 탐구와 성취에 깊은 신뢰와 응원의 마음을 보내며, 개별 작품에 대한 간단한 소회로 심사평을 대신하고자 한다.

김혜진의 「관종들」은 타인에 대한 '관심'이 어떻게 윤리적 판단의 욕망으로 변질되고, 결국 폭력의 형식으로 되돌아오는지를 예리하게 보여주는 작품이다. 작가는 타인의 불행과 불의를 외면하지 못하는 한 여성의 시선을 통해, 선의가 그 의도와 무관하게 감시의 형태로 전도되는 과정을 집요하게 추적한다. 공적·사적 경계가 희미해진 아파트라는 공간 속에서, 정해와 영기 부부의 타자에 대한 관심과 배려는 어느새 도덕적 관음으로 치환되고, '좋은 의도'라는 이름의 폭력이 일상의 윤리로 작동하는 방식을 드러낸다. 관심과 무관심의 경계에서 이웃을 향한 진정한 윤리가 무엇인지를 이토록 냉정하고도 정밀하게 되묻는 소설은 드물다.

박솔뫼의 「사과」는 감정의 온도가 점차 희미해지는 세계 속에서 '살아 있음'을 감각하는 최소한의 방식을 탐색하는 작품이다. 근미래라는 설정 위에서 작가는 단문과 반복, 정지된 문장의 리듬을 통해 무감각으로 기울어가는 세계 속에서도 여전히 감각을 회복하려는 몸의 움직임을 정교하게 포착한다. 커피와 사과, 잠과 방의 이미지는 사라져가는 감정의 표면 위에서 여전히 잔존하는 감각의 흔들림을 환기하며, 세계와 자신 사이의 거리를 끝내 유지하려는 인물의 태도 속에서 고유한 삶의 의지가 발생한다. 박솔뫼 특유의 서늘하면서도 감각적인 문체는 일상의 미세한 온도 변화를 언어로 기록하며, '살아 있음'의 진동을 가장 세련된 방식으로 구현한다.

서장원의 「상어」는 표면적으로는 부부 관계의 미묘한 균열을 다루지만, 그 내면에는 남성성의 불안과 폭력의 가능성을 예리하게 탐사하는 서스펜스가 숨어 있다. 실종된 전남편의 그림자와 함께 부상하는 불안은 외부의 사건이 아니라 주인공 내면의 균열로 작동하며, 작가는 이 정서적 파열을 치밀한 장면 구성으로 구축한다. 제목이자 상징인 '상어'는 단순한 포식자의 이미지가 아니라, 부드러움과 폭력, 안전함과 위험함이 교차하는 남성 주체의 무의식을 응축한 기호로 기능한다. 속도감 있는 문체와 압축된 서사의 긴장이 마지막까지 유지되며, 남성성의 내면적 균열을 탐구한 서사로서 돋보였다.

이미상의 「일일야성―日野性」은 중년의 부부가 각자의 방식으로 '자기 회복'을 시도하는 과정을 통해, 모종의 세대적 아이러니를 통렬하게 드러낸다. 남편의 '성적 단식' 선언과 아내의 옛 친구 방문이라는 병렬적 서사는 서로를 거울처럼 비추며, 오늘의 인간이 자기 자신을 갱신하고자

하는 욕망이 얼마나 기구하면서도 절박한 형식으로 나타나는지를 보여준다. 작가는 풍자와 냉소, 그리고 연민을 오가며, 사회적 각성의 언어가 어떻게 또 하나의 위선과 통제의 형식으로 변모하는지를 예리하게 포착한다. 사회적 풍자와 존재적 허무가 교차하는 지점에서, 「일일야성―日野性」은 오늘의 한국 소설이 도달한 동세대적 감각과 사유의 경계를 가장 날카롭게 형상화한 작품이었다.

임현의 「우리가 우리에게 죄지은 자를」은 관계의 파국 이후에 남은 감정의 잔여를 세밀하게 탐문하며, 용서와 책임이라는 윤리적 주제를 깊이 있게 변주한 작품이다. 죽음과 빚, 그리고 죄책감이 얽힌 이 서사는 단 한 사람의 시선을 따라가면서도, 끊임없이 타자의 목소리를 내재화하며 관계의 층위를 확장한다. 작가는 '용서'라는 단어를 감정의 언어가 아니라 관계의 형식을 묻는 질문으로 전환하고, 윤리와 욕망의 경계에서 인간이 얼마나 복잡한 자기기만의 구조 안에 놓여 있는지를 예리하게 탐색한다. 치밀한 문장 구성과 정제된 묘사, 감정의 절제를 통한 균형감이 인상적이며, 관계의 폐허 위에서 '용서의 불가능성'을 끝까지 응시한 서사로서 단단한 완성도를 보여준다.

수상작으로 결정된 임솔아의 「사랑보다 조금 더 짙은 얼굴」은 시간의 퇴적과 사랑의 잔존을 정교하게 병치하며,

노년의 화자가 회고와 현재를 교차시키는 언어로 사랑의 윤리를 다시 쓰는 작품이다. 작가는 삶의 마지막 국면에서조차 사랑을 '지속되는 감정'이 아니라 '사라지지 않는 관계의 형태'로 그려낸다. 귀신과 함께 살아가는 노년 여성의 서사는 죽음과 기억, 존재와 부재의 경계를 넘나들며, 윤리와 애도의 감각을 섬세한 언어로 형상화한다. 일상의 사소한 동작들 속에 깃든 감정의 세밀함은 압도적이다. 이 작품은 '사랑보다 조금 더 짙은' 슬픔을 단순한 상실의 정조로 환원하지 않고, 사랑의 지속이란 결국 서로를 잃은 이후에도 계속 살아내는 일이라는 깨달음으로 승화시킨다. 고요하고 절제된 문체로 삶과 죽음, 인간과 비인간, 과거와 현재의 경계를 새롭게 감각하게 하는, 올해 가장 단단하고 아름다운 서사였다. 수상을 진심으로 축하드린다. ■

| 제71회 현대문학상 심사평 |

사랑의 글쓰기

김지연

 본심에 올릴 작품을 고르는 것부터가 쉽지 않았다. 일단 그 수가 상당했다. 계절마다 잡지에 발표되는 단편소설들을 틈틈이 따라 읽어왔다고 생각했는데 목록을 받아 들자 읽지 못한 작품이 태반이었다. 독서가 아닌 심사를 해야 한다는 마음가짐은 작품을 읽어나가는 속도를 더욱 더디게 했고 곧잘 비판적인 시각으로 변하게 해 감상을 방해했다. 내가 단련된 심사위원이 아니고 이번이 거의 처음 참가한 심사여서 과연 자격이 있나 하는 의심도 들었고 습작 시절 감탄하며 탐독했던 소설가의 작품을 읽고 평하는 것도 조금 난처한 기분이었다. 하지만 이런 식으로 서열을 매기는 일도 안 될 일이며 가능하지도 않다는 생각에 정신이 들었다. 기준을 세우지 않으면 한참이나 헤매겠다 싶어 나는 그저 내가 좋아하는 작품을 올린다, 만을 기준으로 삼았다. 기준을 내가 아닌 나의 밖에 둔다면 내가 심사에 참여할 이유가 없다고 생각했기 때문이다. 그렇게 생각하니 조금 편해졌고 내 손에 있는 작품들을 즐기며 읽을 수 있었다. 이런 마음가짐을 갖기 전후에 읽은 작품들에 대한 평가 기준은 각각 얼마나 달랐을까 하는 생각도 든다. 그러니 심사라는 것이 늘 어느 정도는 우연에 기댄다는 생각을 할 수밖에 없다. 그 모든 우연을 뚫고 모두의 지지를 얻은 작품이기에 더욱 값지다는 생각도 한다.

올해 〈현대문학상〉 수상작은 임솔아의 「사랑보다 조금 더 짙은 얼굴」이다. 사랑이 "거부감을 유발하는 기이한 정념"이나 "지나간 시대의 낙후된 광기 정도로" 여겨지는 시대에 사랑에 대한 경험담을 아카이빙하는 작업에 참여하는 '나'의 이야기다. 처음 이 소설을 읽었을 때는 내가 좋아할 법한 요소들로 가득하다는 인상을 받았다. 순애적인 관계나 끝이지만 영원이기도 한 순간, 논리적으로 설명되지 않는 귀신 같은 존재가 등장하는 이야기를 마주하면 무조건적으로 마음을 빼앗기곤 했는데 오히려 그 점 때문에 조금 조심스럽게 거리를 둔 채 보기도 했다. "아무도 상처받지 않게 하려고 노력한 것이기 때문에. 그게 더 사랑 같다"

는 윤미의 말에는 강하게 반박하고 싶은 마음이 들었고 결말의 "많은 것들을 욕망하지 않기로 했다"는 서술에 이르러서는 마음이 쓰라렸다. 많은 이들이 이런 식으로 자신을 소거하며 사랑한 결과로 사랑이 인간관계에서 소멸해버린 세계가 도래했을지도 모른다는 생각도 들었다. 어쩌면 그런 식의 사랑을 부추긴 것은 그들이 속한 세계였을 테고 그들의 사랑 방식은 서로를 돌보기 위해 선택한 생존 전략이었을 테다. 이미 지나치게 상처받은 상태에서 더는 상처받지 않고 살아가기 위한 투쟁의 형식으로. 분명히 서로 사랑하고 있는데도 그것은 사랑이 아니라고 말하는 세상에게 그럼 도대체 무엇을 사랑이라고 할 수 있느냐고 조용히 되돌려준 것 같았다. '나'가 골목을 걷는 장면을 읽어나갈 때에는 사랑 역시 일종의 장소와도 같다고 느꼈다. 모두가 사랑이라는 장소를 잃어버린 시대에 지칠 때까지 그곳을 찾아 헤매며 더 먼 곳까지 가볼 마음을 먹고 그 사랑의 여정을 담담히 반추하고 기록하는 이 작품에 동참하고 싶었다. 진심으로 수상을 축하드린다. ▪

| **제71회 현대문학상 심사평** |

더 짙은 소설들

백지은

 올해는 〈현대문학상〉의 예심과 본심을 따로 하지 않기로 했다. 1년 동안 발표된 소설 중에서 후보작과 수상작이 한 번의 심사로 선정되었다. 심사 전, 다섯 편 내외씩의 추천작을 모아놓고 보니 다섯 명의 심사위원 중 서로 겹친 추천이 별로 많지 않았다. 소설에 대한 우리의 이야기가 각자 전하고 싶은 소설의 얼굴을 서로에게 보여줄 수 있을지 조금 걱정스러웠다. 심사 후, 우리는 많은 얼굴들을 가지고 있었고 각자 다른 얼굴들을 많이 엿볼 수 있었다고 생각했다.

 박솔뫼의 「사과」는 우리의 인연이란 "눈을 감았다 뜨면 사라지고 가만히 비가 내리고 바람이 부는 것을 바라보면 다가오는 것들"임을 깨닫게 해주는 이야기다. 어떤 타인을 '사랑했던 우리'라고 말하는 건 어떻게 가능할까. 언젠가 그에게 들은 "아이보리색 병원의 복도"는 그 시절 내가 오래 바라보며 지냈던 "흔들리는 창"이 생생하게 떠오르는 순간만큼은 나의 것이 되었으나, 그 "아주 짧은 순간 우리라고 묶일 만한 순간"은 언제나 방금 지나쳐야 아는 것 같다.

김혜진의 「관종들」은 소설에서 작가와 인물의 정확한 거리가 얼마나 결정적으로 중요해질 수 있는지를 증명한다. "사는 게 여유 있지도 않은데 어떻게 그렇게 남들 사는 거에 줄기차게 관심을 가질 수 있는지"라는 평상시의 인심으로는 이 '관종들'이 성가시기만 하다. 하지만 주변에 "무슨 일이 있나 한번 살펴주는 게 뭐가 어려워서" "호미로 막을 일을 가래로도 못 막게" 두지는 않겠다고 매번 마음을 다잡는 이들에게는 한 번의 사고로 영원히 떨칠 수 없게 된 죄책감이 평상심임을 이해하는 데는, 이 이야기가 끝난 후 이야기를 읽는 동안보다 더 긴 시간이 필요하다.

이미상의 이번 타깃은 '중년의 위기'다. 「일일야성―日野性」은 마흔셋의 부부 '경수와 운주'가 나이 먹는 일에 초연해지기 위해 "적어도 젊어 보이려 애쓰는 40대의 전형인 동년배들"과는 다른 방식으로 달라지려는 모습을 겨냥한다. "청년기를 복각하기 위하여 경수는 미래로 갔고 운주는 과거로 갔다." 이제라도 잘못을 바로잡겠다며 "나는 당신에게 영향을 미치지 않아"라고 선언한 남편, "무례하고 충동적인 자신을 젊게 느"끼는 아내, 이들의 중년이 "변화와 추억을 시간 터널로 삼"아 드러내는 '야성(상실)'은 이미상의 시선 아래 역시나 너무 웃기다.

「상어」를 처음 읽었을 때는 서장원의 최근작들에서 느껴지는 공통점이 덜 느껴졌지만 다시 읽으니 다른 방식으로 느껴지는 것 같았고, 이 소설은 그 느낌 때문에만 좋은 것은 아니었다. 전남편도 전애인도 자신을 때릴까봐 무서워했던 아내가 '나'를 안 무서워한다는 사실은 나에게 어떤 의구심을 주는가. 그리고 사람들은 왜 상어를 좋아하는가. "엄청나게 크고 사납"고 아주 멋지고 잘생긴 상어는 물 밑 어딘가에 있지만 수면 위에서는 짐작할 수가 없다. "하지만 서퍼들은 다들 상어를 기대하죠. 한번쯤 보고 싶어 해요." 물론 「상어」는 "저는 서퍼가 아니에요"라고 말하는 소설이다.

「우리가 우리에게 죄지은 자를」은, 이번에도 임현의 이야기는 남을 미워하기보다 자기를 용서하게 만드는 것이라는 생각을 하게 했다. 사랑도 미안함도 용서받은 자가 할 수 있다. "아무 이유 없이 용서를 받는 사람은 무엇으로 그 마음을 돌려줘야 했던 걸까. 사랑하는 마음은 사랑으로, 미안한 마음은 미안함으로, 용서하는 마음은 용서로……." 그 사랑이 더 이상 "세상에 없다는 사실만이 분명하게 느껴질" 때라면 더욱 "누군가를 사랑하는 일이 어떻게 미안한 일이 될 수 있겠는가".

임솔아의 「사랑보다 조금 더 짙은 얼굴」은 지금보다 조금 더 미래에서 말해지는 이야기다. 이 사실을 알게 된 건 '윤미'와 함께 노래방에 갔던 기억이 나왔을 때부터였는데, 이렇게 10대의 기억까지 구술된 것은 "아카이브 프로젝트 : 사랑 편" 덕분이다. 누군가 '사랑'에 대해 말할 때, 우리 어릴 적 어른들이 한국전쟁이나 베트남전 얘기를 하며 그때는 애국심이 '있었다'고 힘주어 말했던 것처럼 들리는 때가 정말 곧 오고야 말까. 그렇다면 '아카이빙'은 무엇보다도 더 짙은 사랑의 얼굴을 남길 것이다. 점점 사랑은 "지나간 시대의 낙후된 광기 정도로" 여겨지는 것 같다. 그것을 "쟁취"하려던 우리의 피로가 "사랑보다 조금 더 짙은 얼굴"로

다가와도 그걸 우리는 "우리의 사랑만큼 사랑했"던 그 오래 저장된 이야기들, "그게 더 사랑 같다"는 게 아프고 아름답다.

  이보다 훨씬 많은 소설을 이만큼 재밌게 읽었으나 심사의 시간 동안 조금씩 더 길게 이야기를 나눌 수밖에 없었던 소설들에 대해 이렇게 적게 되었다. 이 소설들이 먼저 선정된 올해의 작품들이라면 이 중에서 올해의 영광을 선정하고자 임솔아의 「사랑보다 조금 더 짙은 얼굴」을 이야기하기 시작했을 때 모두의 얼굴에 기쁨보다 짙은 안도감이 떠올랐던 건 나만의 느낌이었을까. 이 소설을 읽을 수 있어서 나는 기쁘고 슬프고 위로받았고 안도했으므로, 수상을 매우 축하드린다. ■

| 제71회 현대문학상 심사평 |

위안의 시간

서희원

솔직하게 말하자면, 2024년 12월 3일 내란 이후 내 사고와 감정은 펼쳐진 책과 빼곡한 문자 들에 오래 머무르지 못했다. 벌렁거리는 마음과 치밀어 오르는 분노를 누르고, 아니 누르기 위해, 책을 펼쳤지만 활공장을 미끄러져 내려오는 패러글라이딩 선수처럼 관심은 문자를 디딤대 삼아 다른 곳으로 날아갔다. 유튜브에 실시간으로 전해지는 정치 소식, 탄핵 가결, 대통령 선거와 관련된 각종 뉴스들, 내란의 뿌리를 캐내는 과정에서 드러난 한국 기득 카르텔의 더러운 작태들. 눈을 뗄 수가 없었다. 아니, 눈을 떼지 않고 파수꾼처럼 지켜보는 것이 내가 할 수 있는 최소한의 소임처럼 느껴졌다.

〈현대문학상〉 심사를 청탁받고 한편으로 기대한 것은 많은 작가들도 나와 다르지 않게 '여기'에서 자행된 일들을 지켜보고 있을 것이며, 그들의 감정에도 분노가 짙게 깔려 있을 것이라는 일종의 동질감을 확인하는 것이었다. 처음에는 그랬다. 월간지로 따지면 작년 12월호부터 올해 11월호까지, 계간지로 따지면 작년 겨울호부터 올해 가을호까지 1년 치의 소설을 읽으며 나는 소설의 서사에 담긴 또 다른 '나'를 찾고 있었다. 방대한 목록의 소설을 읽고 본심에 올릴 작품을 선별하고, 다른 심사위원이 올린 작품을 읽으며 이 작품에서 내가 읽지 못한 것은 무엇인가 다시 점검하고, 숙고하는 한 달의 시간이 짧게, 그리고 빠르게 지났다.

　다시 한번 솔직하게 고백하자면, 그 시간을 통해 나는 기대했던 것을 찾지 못했지만, 기대하지 않았던 위안을 받았다. 내가 찾고 있던 또 다른 '나'를 만나진 못했지만, 그 소설에는 믿고 의지할 수 있는, 동시대적 감정을 보다 깊게 숙성시킨 '타인'이, 내게 기꺼이 어깨를 빌려주는 괜찮은 '타인'이 존재했다. 임현 작가의 「우리가 우리에게 죄지은 자를」과 김혜진 작가의 「관종들」은 우리 시대를 살아가는 인간의 감정에 도사리고 있는 자기 합리화의 어리석음을 서사적으로 의미 있게 전달하고 있었다. 서장원 작가의 「상어」와 이미상 작가의 「일일야성—日野性」은 특유의 입담과 서사적 박력으로 흥미로운 소설 읽기의 전범을 보여주었다. 박솔뫼 작가의 「사과」는 성숙한 작가의 작품이 무엇인지 알려주는 것 같았다.

심사위원 모두가 이견 없이 수상작으로 꼽은 것은 임솔아 작가의 「사랑보다 조금 더 짙은 얼굴」이다. 이 소설은 미래를 배경으로 '우리'가 경험했던 과거와 현재를 기술하고 있다. 그리고 그 미래에는 사랑도, 인간의 관계도, 사랑과 관계를 이야기하는 방식도 지금과는 사뭇 다르다. 무엇이 이러한 것들을 달라지게 만들었는지 소설에는 정확하게 설명되고 있지 않지만, 그것은 자연스러운 시간의 풍화작용처럼 이해가 된다. 눈으로는 관찰할 수 없는 시간의 풍화작용이 임솔아의 문장을 통해 눈앞에서 펼쳐지는 것 같은, 소설이 주는 이채로움과 아름다움은 충분히 상찬을 받을 가치가 있다고 판단했다. 장담하건대 이 소설은 더 오랜 시간 읽힐 것이다. 임솔아 작가에게 축하의 말과 '위안'에 대한 감사를 함께 전한다. ■

| 제71회 현대문학상 심사평 |

아름답고 기이한

안보윤

예심을 거쳐 본심에 이르기까지 일관되게 내가 느꼈던 감정은 '다채롭다'였다. 한국문학 독자로서 일종의 자부심도 느꼈는데, 이토록 좋은 소설들이 서로 닮은 구석 없이 각자의 색으로 빛난다는 사실 때문이었다. 묵직하게 일렁이고 소란스러울 정도로 경쾌하며 다정하고 뻔뻔한 소설들이 고작 1년 사이 쏟아져 나올 수 있다니. 심사에 대한 중압감을 상쇄할 만큼의 반가움과 즐거움이었다.

이미상의 「일일야성―日野性」은 존재감이 뚜렷한 작품이었다. 가장 안전한 곳에 몸을 숨긴 채 끊임없이 일탈을 넘보는 운주의 이기성은 허세와 거짓 낭만으로 덧씌워진 과거사가 문득 민낯을 드러낼 때 웃음기를 거둬 간다. 새벽

노동환경에 맞춤해 정확히 다섯 시간씩 어긋난 일과를 살고 있는 선숙이 '우리가 왜 그 사람들에게 그것까지 져야 돼?'라고 항변하는 목소리는 그간 신랄한 방식으로 여러 관점을 제시해왔던 이미상의 소설과 궤를 같이해 흥미로웠다.

박솔뫼의 「사과」에서는 무심하게 시공간을 넘나들며 문득 깨닫고 막연히 감각하며 이내 수용하고 마는 피로한 인물들을 곧잘 그려왔던 박솔뫼 소설의 특징이 고스란히 드러난다. 끝없이 걷고 떠돌며 풍경과 순간에 집중하는 인물은 무언가를 떠올리지만 이내 잊어버리고, 한없이 낯선 것들이 익숙해졌다가 돌연 낯빛을 바꾸는 세계 속에 외로운 기색도 없이 서 있다.

서장원의 「상어」는 직관적 판단과 명료한 이미지로 소설을 힘 있게 이끌어가면서도 열등감과 불안의 실체 없음에 대해 골몰하게 만든다. 임현의 「우리가 우리에게 죄지은 자를」 또한 유려한 문체만큼이나 섬세하게 짚어나가는 인물의 감정에 몰입해 한 호흡에 읽어내려갈 수 있었다. 김혜진의 「관종들」은 여운이 깊은 소설이었다. 정확하고 단정하게 그려진 장면들을 따라가는 건 쉬운 일이었으나 문장 이면에 놓인 비틀린 감정과 조우하는 건 쉽지 않은 일이었다.

임솔아의 「사랑보다 조금 더 짙은 얼굴」은 아름답고 기이한 소설이었다. 읽고 있는 순간에는 마음이 금녹색 이끼처럼 축축해졌고 다 읽고 나면 한숨이 나올 만큼 쓸쓸해졌다. 심사위원 중 한 분이 "저는 이 소설이 그냥 아름다웠어요"라고 말했을 때 나도 덩달아 고개를 끄덕였는데, 내게도 이 소설이 다만, 그냥, 못내 아름다웠기 때문이다.

출구 셔터가 닫히고 자물쇠까지 잠긴 지하상가에서 열린 문을 찾아 헤매다 신이 나서 뛰어다니는 어린 연인의 모습이 불안하면서도 설레 오래 마음에 남았다. 연인이 파도에 휩쓸려 간 줄 알고 깊은 바닷속으로 걸어 들어가며 울부짖던, 두려움에 흠뻑 젖은 얼굴이 연인을 찾자마자 반갑게 웃는 얼굴로 변하는 장면이 애틋하고 사랑스러워 자꾸 서성이게 됐다. '우리를 지켜온 것이 사랑이었음에도 불구하고 우리는 줄곧 사랑을 찾아 헤매는 것과도 같은 피로 속에 살았다. 피로가 사랑보다 조금 더 짙은 얼굴을 한 채 표면을 차지한 때도 많았다'고 말하면서도 '우리는 우리의 피로를 우리의 사랑만큼 사랑했다'고 말하는 강인함을 뭐라고 설명할 수 있을까.

사랑을 "지나간 시대의 낙후된 광기 정도로"만 생각하는 시대를 살아가는 사람들에게 화자는 아무것도 전달할 수 없을지 모른다. 연인의 말을 이해하기 위해 같은 영화를 몇 번이고 반복해 보는 마음, 그들의 방에 귀신이 찾아온다고 말하자 귀신을 볼 수 없으면서도 그의 잠자리를 마련해주겠다며 베개를 내려놓는 다정한 마음은 섣부른 기록으로 완성되는 것이 아닐 테니 말이다. 사랑은 손쉬운 합의로 정의 내릴 수 있는 것이 아니다. 그것은 지극한 일상 속에서, 소소한 것들을 쉼 없이 기억하고 감각하는 통점에 가까운 것임을 나는 이 소설을 통해 비로소 알게 되었다. 수상을 진심으로 축하드린다. ■

| 제71회 현대문학상 수상소감 |

빈 진실

임솔아

9년 전 학교 기숙사에 지낼 때였다. 룸메이트들 없이 혼자 맞는 밤이면 귀신이 찾아왔다. 귀신을 만났다는 소문을 들어왔기에 내 차례가 왔나 보다 했다. 몇 번인가 그에 대해 말해보았는데 말을 하면 할수록 하고 싶은 말과 어긋나고 있다고만 생각됐다.

하지만 한번쯤 이 귀신 이야기를 개운하게 꺼내본 기억이 있다. 여전히 어긋나고 있다고 느끼면서도 말이다. 그때 나는 동료들과 함께 같이 겪은 사건에 대하여 정리를 해보는 시간을 갖기로 했다. 우리는 녹음기를 켜두고 차례대로 저마다의 기억을 꺼냈다. 같은 사건 속에 있었으면서도 우리의 기억은 서로 많이 달랐다. 사건의 실체를 잘 이해하기 위한 도전이었으나 진이 빠지도록 이야기를 나누었으나, 우리는 더 큰 미궁에 빠져들었다. 기억들을 기우면 봉합될 무엇을 기대했다는 것에 대해 한숨이 다 나왔다. 우리는 가득 차 있는 빈 진실을 마주하고 있었다. 빈 진실을 모닥불처럼 둘러싸고 멍하니 앉아 있을 때 나는 왜인지 귀신 이야기를 꺼냈던 것이다.

이후로도 몇 번인가 먼 길을 운전할 때 그 녹취록을 들었다. 이야기들의 정보보다는 목소리의 톤 같은 것들을 나는 듣고 있었다. 저마다의 목소리들이 한자리에, 같은 시간에 함께했다는 것이 좋았다. 지금은 그렇게 같이 모여 있기가 점점 더 어려워졌기 때문이기도 했다.

선명하게 떠오르는 이목구비를 애써 지워가면서 이 소설을 이어갔다. 안 보이는 얼굴은 안 보이는 채로도 잘 보일 수 있다는 걸 나는 이제 안다.

언젠가부터 한 해도 빠짐없이 나는 새해 소원으로 글을 계속해서 쓰는 걸 빌었다. 쓴다는 것으로 나의 다른 면모들을 잘 지키게 될 거라고 믿었던 것 같다. 작년부터 나는 그런 소원은 빌지 않기로 했다. 계속한다는 것보다 더 중요한 것들을 알게 되어서가 아니라 이제는 내가 쓴 소설에 누군가의 소원이 담겨 있어야 한다고 생각했기 때문이다. 나는 소원을 더 많이 듣고 싶다. 나의 소설을 읽어주고 의미를 가늠해주신 심사위원 선생님들께 진심으로 감사드린다. 아마도 누군가의 소원에 골똘했던 시간들이 어딘가에 닿아 기적을 얻은 모양이다. 나의 소원을 지워내면서 계속 소설을 쓰고 싶다. ■

2026 現代文學賞 수상소설집
사랑보다 조금 더 짙은 얼굴 외

지은이 | 임솔아 외
펴낸이 | 김영정

초판 1쇄 펴낸날 | 2025년 12월 5일

펴낸곳 | ㈜현대문학
등록번호 | 제1-452호
주소 | 06532 서울시 서초구 신반포로 321 (잠원동, 미래엔)
전화 | 02-2017-0280
팩스 | 02-516-5433
홈페이지 | www.hdmh.co.kr

ⓒ 2025, 현대문학

ISBN 979-11-6790-335-8 03810

* 책값은 뒤표지에 있습니다.
* 파본은 구입처에서 교환해드립니다.